SAMMLUNG KLASSISCHER WERKE

Unterm Rad
HERMANN HESSE

在轮下

[德] 赫尔曼·黑塞 著 张灯 译

图书在版编目(CIP)数据

在轮下 / (德)赫尔曼·黑塞著;张灯译. -- 杭州：浙江文艺出版社, 2025. 7. -- ISBN 978-7-5339-8002-3

Ⅰ. Ⅰ516.45

中国国家版本馆CIP数据核字第2025UR8474号

出版统筹	王晓乐	责任校对	牟杨茜
策划编辑	周 易	封面设计	山川制本workshop
责任编辑	周 易	营销编辑	张 苇
责任印制	吴春娟	数字编辑	姜梦冉 诸婧琦

在轮下

[德]赫尔曼·黑塞 著　张灯 译

出版发行	浙江文艺出版社
地　址	杭州市环城北路177号
邮　编	310003
电　话	0571-85176953(总编办)
	0571-85152727(市场部)
制　版	浙江新华图文制作有限公司
印　刷	杭州富春印务有限公司
开　本	787毫米×1092毫米　1/32
字　数	138千字
印　张	8.5
插　页	5
版　次	2025年7月第1版
印　次	2025年7月第1次印刷
书　号	ISBN 978-7-5339-8002-3
定　价	54.00元

版权所有　侵权必究

生命
比死亡更强大,
而信仰
比怀疑更有力量。

● [德]赫尔曼·黑塞

# 目 录

第一章　　　　　　　　　　*1*

第二章　　　　　　　　　　*39*

第三章　　　　　　　　　　*73*

第四章　　　　　　　　　*119*

第五章　　　　　　　　　*161*

第六章　　　　　　　　　*191*

第七章　　　　　　　　　*225*

译者闲话——揠苗之殇　　　*259*

第一章

中间商、经纪人约瑟夫·吉本拉特可以说是一位很容易就泯然众人的先生。宽阔健硕的体形、还算不错的商业天赋伴随着对财富的诚挚热爱、名下有花园小屋和家庭墓地、对宗教信仰藕断丝连的立场、对神权和威权机构恰到好处的敬意,以及对公民道德铁律的盲从——所有这些特性都表明他是多么的普通。他时不时会抿上几口小酒,却从来不是一只醉猫。他曾经顺手做过一些踩线的生意,但从来不会将自己置于逾矩的危险境地。在他口中,没钱的人都是饿死鬼,有钱的人都是炫富精。身为公民协会的会员,他每周五都去参加雄鹰俱乐部的保龄球聚会,在烘焙日、前餐日和屠宰节他也从不缺席。他工作时抽平价雪茄,在饭后和礼拜日才会拿出贵价货来享用。

他的内心世界跟张三李四也无甚分别。他所受过的教养早已蒙尘,除了一种传统而粗暴的家庭观念、对亲生儿子的些许自豪以及一时兴起对穷人展露的自我感动的慷慨之心,几乎再无其他。他的头脑仅仅表现在天生的狡诈和算计能力上面,但就连这些手段也不甚高明。他的阅读兴趣不超出报纸所提供的内容,而只要一年去一次公民协会的业余演出以及偶尔去马戏团看看热闹,也就能满足他对艺术享受的追求之心了。

哪怕他和任何一位邻居调换姓名与住址,也不会使他成为另外一个人。他在灵魂至深之处,对任何优越于常人的力量与个体有着永不止歇的怀疑,对任何出离日常之外的自由雅致的精神世界,都由妒忌中滋生出一种本能的敌意。从这一点来看,他跟城中所有其他的一家之主没有任何分别。

够了。恐怕只有懂得用反讽来制造深刻的笑匠才有能力刻画这种庸庸碌碌及其所隐含的悲剧性所在。不过这位先生有个独子,我们在这里想要讲述的其实是这个小伙子的故事。

毫无疑问,汉斯·吉本拉特是个杰出的孩子。单从外表就能看出,他在众多儿童中是如何优雅地鹤立鸡群。黑森林地区这个小窝里从没孵出过凤凰,从未出现过这样一个眼界和影响力都远超地界的人物。这孩子究竟是从哪里继承得来那深沉的眼神、聪颖的额头和优雅的步态?难道这些都是来自他的母亲?这可怜的女人多年前已不幸离世，而生前也耽于病痛和忧思，从未有人注意到她有任何过人之处。来自父亲的影响就根本不用考虑。因此，在这个八九百年来虽然有过很多能干的公民，却从来没诞生过真正有天分的杰出人物的地方，还真的是发生了天降英才这样的大事件。

如果有一位接受过现代教育的细致观察者回忆起那位虚弱的母亲和这个家族显著的高龄现象，或许可以说智力上的过度发达是其衰退期逐渐开始的征兆。然而这个城市实在太过幸运，以至于从未驻留过如此的人物，而只有公务员和教师中那些消息灵通的年轻人才从报纸杂志上稍微领略到所谓"现代人"的存在。在此地，连《查拉图斯特拉如是说》都没听过的人也能过得有声有色；在此地，婚姻通常稳固而且十分美满，生活的全部都带有一种无可救药的老派作风。那些在财富自由方面已经坐惯了"热板凳"的市民，其中有些在近二十年内已经从手工艺人升格成了工厂主，虽然在官老爷面前还是毕恭毕敬，生怕错失了什么门路，但私底下却是叫他们饿死鬼和臭笔杆子。尽管如此，除了读书考公之外，他们也找不到什么更好的出路给自己的儿子们了。可惜连这也差不多只是做白日梦，因为大部分二代光是在拉丁文学校就已经怨声载道，留级更是家常便饭。

汉斯·吉本拉特的才华无可置疑。无论是教师还是校长、邻里抑或是城区牧师、同校生以及其他人都会赞同，这个孩子十分有头脑，而且为人不同寻常。这样一来，他未来的发展可以说就已经进入轨道了。因为，在士瓦本地区的乡村，对于有点才华的年轻人来说，除非父母十分富有，否则就只有一条路可走：通过州试进入神学院附中，从这里再升图宾根神学院，最后要么登上布道坛，要么开始执教鞭。每年都有三四十个乡村的学童踏上这条安静而稳妥的道路，这些因过度疲劳而显得瘦削的孩子在坚信礼上重新确认了信仰，在政府的资助下学习各个人文领域的知识，并在八九年之后开始他们人生中第二个、通常也更漫长的旅程，即为自己所蒙受的恩惠而报效国家。

几周之后就是又一次州试了。这就是每年一度国家用来选拔乡村学习尖子的祭典，而在此期间，从所有的城镇和村庄传来无数家庭的叹息、祈祷和祝愿，这些声音全都汇聚到州试所在地区的首府。

汉斯·吉本拉特是这个镇子唯一能派出去参加这个残酷竞赛的选手。这可是个了不得的荣誉，但他也可算实至名归。每天下午四点放学之后，他还要去校长那里学习额外的希腊文课程，接着，好心的城区牧师从六点开始帮他复习拉丁文和宗教课程，此外还有晚饭后数学老师长达一小时的小灶，一周两次。在希腊文课上，除了不规则动词之外，还要着重学习能够为句法结构带来多样性的小品词；拉丁文课堂训练的是简洁凝练的文风，也就是说要学习很多韵律学上的精细区别；数学则着重复杂的推算方法。这些方法虽然就像老师经常说的那样，貌似对以后的学习和生活没有什么价值，但也只是表面如此。实际上，它们非常重要，甚至比一些主课更重要，因为这些推算方法能训练增强逻辑推理的能力，并且构成了一切清晰、冷静和有效思维的基础。

不过，为了避免精神上的过载，另外也是为了避免在知性练习的过程中遗忘了对心灵教养的熏陶，汉斯每天清晨可以利用上学前一个小时的时间去参加坚信礼预备班。在布伦茨的教义问答书的熏陶和旨在活跃思维的问答背诵练习过程中，一股清新的宗教气息无声地沁入这个少年的心灵。可惜的是，他辜负了这些动人的时光，放弃了自己的福分。他拿一些小纸条写满了希腊文、拉丁文词汇和习题，偷偷放在他的教义问答书里,然后这一整个小时就光是在摸索这些世俗的学问。不过,他还没有那么心安理得,所以一直被一种尴尬的不安和轻微的恐惧所困扰。每当教长走近他身边,哪怕只是叫到他的名字,他都会瑟瑟缩缩,如果不得不回答问题,他就会额头冒汗、心跳加速。不过,他给出的答案总是无懈可击,而且口齿伶俐到连对此十分严格的教长也无话可说。

所有这些白天一课一课累积起来的诸如写作、背诵、复习和预习等作业,都可以留待傍晚回家后在舒适的灯光之下完成。班主任觉得这种在安宁的家庭气氛烘托中安静进行的作业任务有着特别深远的促进作用。每周二和周六,作业时间也就持续到十点左右,其他时间则一直到十一二点,甚至更晚。父亲虽然因为过度耗费灯油有些抱怨,却仍然得意扬扬地看待这种学习的安排。而在休闲时间和占据我们生活七分之一时间的周日,汉斯则被强烈推荐阅读一些学校教育中尚未学到的作家的作品,并进行大量的语法复习。

"当然要适度了,适度很重要!每周必须有一两次出门散步,这会有非常奇妙的好处。如果天气不错,还能带着一本书在户外阅读——你会看到,在外面呼吸着新鲜空气会让学习变得多么轻松愉快。总之,抬头挺胸!"

于是,汉斯就尽可能地仰起头,从此连散步的时间也用来学习。这个眼周青黑、脸色暗沉、疲惫不堪的孩子安安静静地游来荡去,也就算是散过步了。

"吉本拉特这孩子怎么样,他能考上吗?"有一次,班主任这样向校长问起。

"他能,他能的。"校长按捺不住满心的欢喜,"这可是个天才儿童,看一眼就知道,他简直就是文曲星下凡。"

在刚刚过去的八个日夜里,这神化之迹已经不能再显著了。在那张英俊而易碎的少年面孔上,深邃而不安的眼眸中燃烧着阴郁的余烬,秀美的额头上聚拢起昭示着智慧的细纹,而原本就细瘦得皮包骨一样的胳膊和双手羸弱地下垂,构成如波提切利画中人一般优雅的姿态。

时机已至。明早,他就将和父亲一起前往斯图加特,并在那里参加州试。这将昭示他是否有资格穿过那狭窄的修道院大门,成功进入神学院附中。不久前,他才刚刚向校长拜别。

"今晚,"那位颇具威慑力的领导用不同寻常的温和口吻说道,"答应我,不要再做作业了。明天,你必须精神抖擞地在斯图加特出现。现在去散步一个小时，然后准时上床睡觉。年轻人必须保证充足的睡眠。"

没有听到严肃的长篇训导，而是如此的谆谆善言，这令汉斯惊讶极了。他长舒一口气，踏出教学楼的大门。高大的基希贝格椴树在午后烈日的照耀下映出微弱的反光，市集上的两座大喷泉里，汩汩耀目的水流叮咚作响，越过屋顶连绵而成的不规则线条，不远处冷杉遍布的黛色山峦静静地凝望过来。少年好像很久都没见过这些景物一般，感到所有的一切都不同寻常的美妙和诱人。虽然头还隐隐作痛，不过今天的他反正不需要再学习了。

他悠闲地走过市场，经过旧市政厅，然后穿行过市场小巷，经过铁匠铺子，来到古桥边。他在那里漫无目的地溜达了一会儿，最后在宽阔的桥栏上坐了下来。好多个星期，甚至好多个月以来，他每天四次从这里经过，却从来没有看上一眼桥头那小巧的哥特式礼拜堂，更别提这条小河以及河上的水闸、拦河堰和水磨了！连供泳客休憩的草坡、植被丛生的河岸也没有引起过他的注意。岸边可见一个挨着一个的制革场，而那边的河水尤其深邃，泛着绿粼，静谧如湖，河畔弯曲细幼的柳枝低垂入水。

如今他又念起，他曾多么喜爱在这里流连，度过了多少时日，无论是嬉水还是潜泳，划桨还是垂钓。可不嘛，垂钓！他差不多已经丧失了这项技能，也几乎不再记得有这回事，而且，上一年他因为学期测试的缘故没法再去钓鱼的时候，他十分难受地号啕大哭。垂钓！这可是伴随着漫长学业的最美妙的事情了。立在柳树的浅荫之下，附近磨坊的水坝汩汩作响，河水是多么的静谧幽深！河面上光影嬉戏，细长的钓竿轻轻晃动，发现有鱼咬钩然后拉扯出水时的欣喜若狂，还有当一条冰凉又肥美还在不停摆尾挣扎的鱼儿握在手中之时那种独一无二的喜悦！

他还真钓到过几条鲜美多汁的鲤鱼，上钩的还有银鱼、河鲫、美味的丁鲷，以及体形较小、相对少见的色彩绚丽的真鲦。他一直凝视着河面，而当整个碧绿的河湾落入他眼眸的时候，他开始变得多愁善感，并悲伤地发现那美好的、可以自由自在撒野的幸福童年已然离他远去。他木然地从口袋里拿出一块面包，团成大大小小的球然后扔进水中，看着它们怎样沉没并被鱼儿们争相吞食。最先露面的是体形娇小的金鱼和鲫鱼，它们急切地吞吃着小块的面包，还贪婪地张着嘴，把大块的推来推去。然后，慢慢地，一只体形较大的银鱼也小心翼翼地游了上来，它深色的宽阔背脊轻轻地从河底浮起，慢悠悠地绕着面包游动，倏忽间，面包就消失在它突然张大的圆形鱼嘴当中。懒洋洋地流淌着的水面上蒸腾起一阵润泽而温暖的潮气，几片浅色的云朵倒映在碧绿的水面上，看不清楚形状，水磨里的圆锯吱嘎作响，低沉而凉爽的水流声从两边的水坝交相传来。男孩想起了刚刚过去的坚信礼周日，在欢庆和感动的气氛中，他发现自己居然在默默记诵一个希腊文的动词。而且，他最近也经常发现自己脑中的思绪纷至沓来，不得要领，哪怕是在上学期间，面前摆着作业，他脑子里也一直想着之前的和之后要做的事情。不管怎样，希望考试顺利！

他站立起身，茫然四顾，不知要去向何方。当他突然感到一只强壮有力的手捏住他的肩膀，同时一个男人以老朋友的口气在向他打招呼时，他着实吓了一跳。

"你好吗，汉斯，要不要跟我走上一段儿？"

原来是鞋匠弗莱格。汉斯从前常常傍晚去他家里流连，不过很久以来都没有再去了。于是汉斯跟着他的脚步，心不在焉地听这位虔诚的虔敬派教徒说些什么。弗莱格说起了州试的事情，祝汉斯好运，并说了一些鼓励他的话,但他其实真正想要说的是,这样一场考试只是一次并不深刻的偶然。如果考砸了,也不是什么过不去的事儿,连最优秀的学生也有发挥失常的时候,而且,哪怕万一他没考好,也要记住,上帝对每一个灵魂都有特别的关爱,会指引他们走上自己要走的路。

面对此人,汉斯其实心中有愧。诚然,他由衷地崇敬其沉稳威严的举止,但是他也听过许多关于虔敬派兄弟会的笑话,还不止一次跟着大笑,哪怕良心有点不安;此外,他也因自己的怯懦而感到羞愧,因为一段时间以来,他几乎怀着惶恐的心情避免和这位鞋匠碰面,就是为了避开后者那些犀利的追问。自从他成了老师们的"心肝宝贝",连自己也有点飘飘然了起来,弗莱格师傅就常常用一种怪异的眼神望向他,想要略挫他的锐气。然而,这位好心的引路人却与这孩子的心灵渐行渐远,因为汉斯正处在盛放的年纪,心性倨傲,敏感的自尊受不得一点搅扰。眼下,他正跟着这名讲话的人缓步前行,却完全没有注意到那人从高处投下的忧虑且饱含善意的眼神。

在皇冠巷,他们遇见了城区牧师。鞋匠冷漠而不失礼貌地打了声招呼就匆忙离开了,因为这位城区牧师是个声名在外、连耶稣的复活都能怀疑的新派人物。汉斯跟着他继续往前走。

"怎么样啊?"他问道,"能走到今天,你一定很高兴吧。"

"嗯,我觉得还好。"

"现在可要好好表现了!你知道我们大家全都对你寄予厚望。尤其是拉丁文,我相信你一定能考得特别出色。"

"那要是考砸了呢?"汉斯有点心虚。

"考砸?!"牧师惊呆了,停住脚步,"考砸是不可能的。完全没戏!你都在胡思乱想些什么啊!"

"我的意思是,也不是完全没可能吧……"

"完全没有,汉斯,没有任何可能,你就放一万个心吧。现在,记得帮我问候你父亲,加油,你可以的!"

汉斯望着牧师远去,然后在周围寻找鞋匠的身影。那人刚刚说了些什么来着?只要做人问心无愧、敬畏上帝,拉丁文什么的并不是那么重要。典型的站着说话不腰疼。现在又来了个城区牧师!万一考砸了的话,他就再也没脸去见牧师了。

他郁闷地拖着脚步回到家,走进地势倾斜的小花园。花园里立着一间残破的、空置了很久的小屋。曾经,他在这小屋用木板搭了一个兔笼,养了三年的兔子。去年的秋天,他失去了他的兔子,就是因为这州试。他从那时起就已经没有可以用来消遣的时间了。

连花园他都好久没来过了。空荡荡的棚屋看起来年久失修,墙角的钟乳石景观已经塌作一堆。木质的小水车斜在水管边上,看上去早已变形残损。他想起了自己把这一切搭建起来、雕刻完成的时光,以及那满足的喜悦。这也已经有两年之久了——简直可以用恒久来形容。他捡起那小水车,把它掰来掰去,终于还是弄断了,干脆扔到了篱笆的另一边。让这些东西去他的吧,反正所有的一切早就已经了结了。这时,他想起了他的小伙伴奥古斯特。搭建水车、修补兔笼,都有奥古斯特的一份功劳。他们曾在这里度过一个个没心没肺的午后,用弹弓互射、跟猫咪玩捉迷藏、搭帐篷,还生啃黄萝卜当点心。然后,就开始拼学业了。大概一年前,奥古斯特退了学,去学机械当小工。从那以后,他也就出现过两次,现在也肯定一样没时间。

云影迅速掠过山谷,斜阳几乎已经落在山巅。有那么一瞬,男孩简直想要扑倒在地、号啕大哭。但他并没有这么做,而是从简陋的工具棚里拿出小斧头,挥动着孱弱的手臂,把兔笼斩成了碎块。小木条四下飞溅,钉子在扭曲中尖声作响,去年夏天留下来的一点点兔粮露了出来,已经腐烂。他发泄式地胡劈乱砍,仿佛这样就能打碎对兔子、对奥古斯特还有对所有已经逝去的美好童年时光的乡愁。

"哎呀呀呀,这都什么跟什么啊?"父亲的声音从窗户里传出来,"你在那干吗呢?"

"劈柴。"

他没再答话,而是将斧头撇在一边,穿过院子来到巷子里,然后沿着岸边向着上游一直奔跑。酿酒厂近旁拴着两只木筏。从前,他常常驾着这样的木筏顺流而下,暖洋洋的夏日午后,数个小时之久的漂流,河水在木筏的缝隙中啪啪作响,令他心跳加速,却又沉沉睡去。如今,他跳上这些松散的浮木,在一大堆柳枝上躺倒,开始想象木筏正顺流而行,时疾时徐,驶过草地,驶过田野,驶过村庄,驶过凉爽的树林边缘,并数次穿过桥梁和拉起的吊闸。他躺在木筏上,假装一切又回到了从前——就好像,他还在卡普夫山上采兔草,在河边的制革工场院子里垂钓,从未头痛,无忧无虑。

晚上回家吃饭的时候，他感到又烦又累。父亲因为马上要去斯图加特考试这件事难掩兴奋，没完没了地问他有没有把书装好、有没有把黑色礼服也打包进去、想不想在路上继续复习语法、有没有把握等等。汉斯断断续续、略显刻薄地回着嘴，吃了一点点东西就准备去睡。

"晚安，汉斯。睡个好觉！我明天六点钟叫你起床。对了，'次典'带上了吗？""当然，'次典'怎么会忘。安啦！"

他在自己黑灯瞎火的小房间里坐了很久，毫无睡意。这个小小的房间，这个完全由他支配的清净之地——这是参加州试这件事迄今为止给他带来的唯一好处了。他曾在这里带着疲惫、睡意和头痛奋战了多少漫长的夜晚，顽强、倔强而雄心勃勃地研习恺撒、色诺芬、语法、辞书和数学题，直到脑汁绞尽、近乎绝望。他也曾在这里拥有了那种非凡的体验，如梦似幻的珍稀时光，远超所有那些早已逝去的童年欢乐往事之上——带着自豪、迷狂和必胜的决心，他感到自己梦游般地超越了学校、考试和所有的一切，渴求着进入一个更高的存在领域。于是，他冒昧而幸福地隐约感到，在那群鼓着腮帮子、没心没肺的同学中间，自己还真是鹤立鸡群,或许终有一天能够从一个超然的精神高度带着优越感俯视他们。而眼下,他也长舒了一口气,就好像突然有一阵清爽自在的凉风掠过一样,就这样坐在床上,在梦想、希冀和胡思乱想中半梦半醒了好几个钟头。就这样,他明亮的眼睑逐渐下沉,盖住了那双大大的、过度疲累的眼睛,然后再次张开,眨了几下又再次落下,男孩苍白的脑袋垂向他瘦削的肩膀,细弱的手臂无力地垂在一旁。他就这么和衣睡下,梦乡如母亲的手般安宁温柔,抚平他躁动的童心中起伏的波澜,也拭去了他美丽额头上的道道愁纹。

大事件!校长起了个大早,不辞辛苦地亲自来车站送行。吉本拉特先生裹着黑色的长礼服大衣,激动、喜悦和自豪的心情让他根本停不住脚;他点着步子,紧张地在校长和汉斯周围走来走去,不断接受车站站长和所有铁路员工的祝福:祝他的儿子考试顺利并一路平安。他的小硬皮手提箱一会儿拎在左手,一会儿又换到右手,雨伞时而夹在胳膊下面,时而夹在两膝之间,还有几次干脆掉在地上,每次都得把箱子放在地上,才能腾出手把雨伞捡起来。你简直会觉得他是要出发前往美国,而不是攥着张车票往返斯图加特。

儿子看起来很平静，内心深处暗藏的恐惧却令他喉咙发紧，透不过气。

火车进站，大家上了车。校长挥手告别。吉本拉特先生点了支烟。在他们脚下的山谷里，城市与河流渐次消失。这次旅行对父子二人来说都是一种折磨。

来到斯图加特之后，父亲却突然活泛起来，开始表现出开朗、可亲和世故的一面。带着一种小镇居民来省会见世面的新奇感，他的心情十分愉悦。而汉斯则越发沉默、恐慌了起来。看到这座城市的第一眼就令他感到深深的压抑。那么多陌生的面孔、装饰浮夸的高大建筑、走不完的路、轨道马车和道路上的喧嚣都令他心中害怕，非常难受。他们在一位姑妈家落脚。来到陌生的环境，面对热情而健谈的姑妈，一直无所事事地呆坐着，耳中充斥着父亲叨叨个不停的那些"鸡汤"——男孩的心情完全跌到了谷底。他孤零零地缩在房间里，感到无比疏离与迷茫。每当他环视四周，看着那些不熟悉的摆设、姑妈和她的都市风穿搭、图案夸张的墙纸、立在地上的座钟、墙上的装饰画，还有窗外那条嘈杂的街道时，他感到自己是个彻彻底底的局外人，离家太久，以至于那些辛苦学来的知识和本领早就忘了个精光。

汉斯本来想利用下午的时间再复习一遍希腊文的小品词，姑妈却提议说不如去散步。汉斯的脑海中一瞬间浮现出草坡的碧色和林中风的呼啸，于是开心地改了主意。没多久他就发现，在大城市里散步跟在乡下散步根本就是两码事。

他一个人跟着姑妈出的门，因为爸爸要在城里探亲访友。都还没等走下楼，痛苦就开始了。在二楼的楼梯间，他们碰到了一位体态臃肿、贵气逼人的妇女。姑妈行了个礼，那位马上开始高谈阔论，唾沫四溅。这一站就是一刻钟。汉斯站在边上，紧挨着楼梯扶手，忍受着那位妇人的宠物狗在他身上嗅来嗅去、低声挑衅。他隐约听到她们聊到了自己身上，因为那位陌生的妇人透过她夹在鼻梁上的老式单片眼镜把他从头到脚地打量了好几遍。好不容易下了楼，才刚刚来到街上，姑妈又进了一家商店，这一等又是好长时间。汉斯在街上束手束脚地站着，被路过的行人推来搡去，还有些小胡同串子对着他瞎起哄。姑妈从商店里出来，塞给他一板巧克力。他不太爱吃巧克力，但还是礼貌地道了谢。走到下一个街角，他们上了轨道马车，听着一阵一阵的铃铛声，挤在满是人的车厢里，穿过一条又一条街，终于到达目的地，一条宽阔的林荫道，一个公园。这里有喷泉、有围栏的花坛，在逼仄的人工池塘里，一些金鱼游来游去。挤在一群散步的人中间，他们走来走去，来回兜圈，见到无数张面孔、时髦和不时髦的穿着打扮、各种自行车、轮椅和婴儿车。汉斯耳听鼎沸的人声，呼吸着浮尘满满的热空气，最后终于找到半张长椅，挨着其他人坐了下来。姑妈一路上都在扯七扯八，这时倒是叹了口气，带着慈爱的微笑，开始催促他吃掉他的巧克力。但他不想吃。

"老天爷，你该不会还害羞吧？不用怕，吃吧，快吃！"

他只好拿出那板巧克力，扯了一会儿上面裹着的银纸，最后还是咬了很小很小的一口。对巧克力，他真的怎么也喜欢不起来，但是他也不敢直接告诉姑妈。他含着那口让他难以下咽的巧克力，吮着舔着，不知如何是好，这时姑妈刚好在人群中发现了一张熟悉的脸，马上就要冲过去。

"你就在此地，不要走动，我去去就来。"

汉斯松了口气，趁机甩手一丢，巧克力就消失在远处的草丛里。然后，他有节奏地晃动着双腿，看着周围熙熙攘攘的人群，心中无比郁闷。最后，他试着再默念一次不规则动词变化，但是太可怕了，他发现自己脑子里空空如也——忘了个精光！而州试明天就要开考了。

姑妈回来了。她刚刚打听到，今年共有一百一十八名考生参加州试，录取名额却只有三十六个。这个消息吓得他直把心提到了嗓子眼儿，在回去的路上一言不发。到家以后，他开始头痛、没胃口，濒临崩溃。看到他这个样子，父亲又是一阵训斥，连姑妈也开始看他不顺眼。当晚他沉沉睡去，在梦里也不得安宁。他梦见自己和其他一百一十七名同学一同坐在考场里，监考官时而像是家乡的城区牧师，一会儿又变成了姑妈的样子。考官在他面前放了成堆的巧克力，而他得把这巧克力山全部吃掉。他边哭边吃，透过泪光看到其他人一个接一个地站起来，从一扇小门离开。所有人都吃完了自己的小山，只有他面前的那座越来越高，溢出桌面，漫过长椅，简直像是要把他活埋了一样。

第二天清早，汉斯连喝咖啡的时候眼睛都不离钟表，生怕考试迟到。而在此时家乡的小镇里，有许多人都在挂念着他。首先是鞋匠弗莱格。他习惯在早餐前做晨祷，一家人加上几个小工和两个学徒都在桌旁围成一圈站定。今天，弗莱格师傅在他平日的祷词中特别加上了一段："哦，主啊，学生汉斯·吉本拉特今天参加考试,求您予以特别的眷顾,不吝赐福,令他力量充沛,终有一天能真正坚毅勇敢地传播您的圣名!"

城区牧师虽然没有专门为他祈祷,却在早餐时对他的妻子说道:"小吉本拉特马上进考场了。他将来一定是个人物。到了他盛名远扬的时候,我帮他补习过拉丁文这件事说起来也算是没白费。"

开始上课之前,班主任对学生们说道:"现在斯图加特那边的州试已经开考了,让我们来祝愿吉本拉特同学顺风顺水。虽然他也不太需要这祝福吧,像你们这些懒鬼,他双手插兜都能轻松考赢。"而学生们几乎也全都挂念着这个缺课的同伴,尤其是用他能否通过考试定下了赌约的那几个。

诚挚的祈祷和真诚的关心总是即使相隔万里也能传递过去,汉斯还真感到了来自家乡的牵挂。他心情忐忑,在父亲的陪伴下进了考场,局促不安地跟从监考助手的指引,环顾这个挤满了苍白少年的大厅,感觉自己像是一个进了刑讯室的罪犯。然而,当教授到场,要求肃静,并开始口述拉丁文翻译写作试题的文本时,汉斯松了口气,发现题目简单到可笑。几乎带着愉快的心情,他迅速拟好草稿,仔细誊写干净,比大多数考生都更早交卷走人。虽然他一出门就迷了路,在炎热的城市街道上胡乱走了两个小时才回到姑妈家,但内心重获安宁的感觉却丝毫不减。一想到这样就能少应付姑妈和父亲一阵子,他甚至有点开心,就这样穿行在陌生而喧闹的首府大道上,他感觉自己像个勇敢的冒险家。最后,他到处问路,终于找到了回去的路。他一回家就被各种问题淹没了。

"感觉怎么样?考得好吗?题都会不会?"

"小菜一碟!"他颇为自负地说,"这种难度的文章,我五年级就能翻译得出来。"

然后他感到实在是饿了,于是大吃了一顿。

下午没事,父亲就带着他到处串门。在其中一家,他们碰到了一个腼腆的黑衣男孩,戈平根人,也是过来参加州试的。大人们把两个孩子丢到一边,于是他们拘谨又好奇地打量起了对方。

"你觉得拉丁文考试怎么样?是不是挺简单的?"汉斯问。

"太简单了。但是问题就在这儿,越简单越容易粗心大意。因为你放松了嘛。而且里面不知道还埋着什么暗坑呢。"

"你真这么觉得?"

"肯定呀,那些出题的可不蠢。"

汉斯惊了一下就陷入了沉思。然后,他小心翼翼地问:"你还有原文吗?"

那男孩拿出本子,他们一起把整篇考试内容逐字逐句地检查了一遍。那个戈县男孩看来是个拉丁文老手,说了至少两个汉斯从没听过的语法名词。

"那你觉得明天会考什么?"

"希腊文和作文。"

接着,戈县男孩问起汉斯的学校派了几个考生。

"就我一个。"汉斯答道。

"哎呀,我们戈县来了十二个!其中有三个超厉害的学霸,大家都觉得他们能考头几名。去年我们戈县就出了个状元。你要是考不上的话,会去上高中吗?"

这件事从来没人提起过。

"我不知道……不,我觉得不会。"

"这样啊。哪怕我这次考砸了,我也会继续上学。我妈都说了,让我去乌尔姆。"

这让汉斯感到深深的震撼。还有那十二个戈县考生,尤其是那三个学霸,则让他心生恐惧。他感觉自己都没脸见人了。

回家以后,他坐下来复习 mi 结尾的不规则动词变化。拉丁文是他的强项,他从来也不紧张。但是对希腊文,他的感受就很不一般。他喜欢学希腊文,还带点狂热,但是仅限于阅读。尤其是色诺芬的作品,如此优美灵动、清新流畅,读来齿颊留香,又不失力量感,散发出一种自由洒脱的精神,而且明晰易懂。可是一旦涉及语法,或者把德文翻译成希腊文的练习,他就感到自己仿佛迷失在一个充满矛盾规则和形式的迷宫里,充满了对这门陌生语言的恐惧与敬畏,简直像第一次接触这门语言一样,那时他甚至连希腊字母都还不会念呢。

第二天果然轮到考希腊文,之后是德文作文。希腊文试题篇幅较长,而且难度不小,而作文题目出得非常微妙,容易解错题。从早上十点开始,考场里变得闷热起来。汉斯的钢笔不太好用,浪费了两张纸才把希腊文答卷誊写干净。在作文考试中,他遇到了最大的麻烦,一个冒失的邻座考生递给他一张纸条,还用手肘顶他,催他回答上面的问题。考试的时候跟邻座交流是考场大忌,被发现就会直接丧失考试资格。他吓得发抖,在纸条上写下"别烦我",就转身不再理那人。考场里太热了,就连监考教授在持续不停的巡视时也得多次用粗布手帕抹掉脸上的汗水。汉斯裹着厚重的坚信礼礼服，汗如雨下，头痛欲裂。最后交卷的时候，他满怀沮丧，觉得自己的试卷错漏百出，考试也算是彻底搞砸了。

坐在饭桌上，他一言不发，像是受审的犯人一样拉长着脸，对所有问题都只是耸耸肩。姑妈安慰他，父亲却控制不住情绪，气氛逐渐糟糕。吃完饭后，他把男孩带进了隔壁房间，想要再问个清楚。

"考得挺差的。"汉斯说。

"你倒是好好考啊！就不能再加把劲吗？真要命！"

汉斯不答话。父亲开始骂他的时候，他涨红了脸，说道："你根本不懂希腊文！"

最糟的是，他下午两点还要参加口试，这才是他最紧张的部分。走在灼热的大街上，他难受极了，痛苦、恐惧和头晕让他双眼模糊，几乎什么都看不见。

坐在一张绿色的大桌前，面对三位考官，他用十分钟时间翻译了一些拉丁文句子，并回答了他们提出的问题。接着，他又在另外三位考官面前坐了十分钟，翻译希腊文，并再次被问到各种问题。最后，其中一位问了他一个不规则动词的瞬间过去时形式，但他答不上来。

"您可以走了，从那边的门出去，右手边的。"

他起身离开,但走到门边儿时,那个瞬间过去时动词突然闪过了脑海。于是他站住不动。

"快走,"有人冲他喊,"快走吧!还是您哪里不舒服?"

"不是的,我就是突然想起那个瞬间过去时动词了。"

他对着房间喊出了答案,却看到其中一位考官大笑了起来。顿时,他感到脸上火辣辣的,匆匆逃离了考场。随后,他试图回想刚刚的问题,还有自己的答案,但一切都在脑子里乱作一团。他只是不断在眼前闪回那个巨大的绿色桌面,那三位穿着礼服的严肃的老人,那本摊开的书,还有自己颤抖着的放在书上的手。老天爷,他到底都回答了些什么啊!

走到街上的时候,他恍惚觉得自己已经在这个地方待了好几个星期,再也没法离开。父亲的花园、松树青翠的山峦、河边的钓鱼点,所有这些景象在他眼中都变成了极为久远的记忆。啊,要是今天就能起程回家该有多好啊!反正都考砸了,留在这儿没有任何意义。

他买了块奶香小面包,想到回家还得跟父亲交代考试情况,索性整整一下午都在街上遛来遛去。最后到家的时候，家人已经开始为他担心了。看到他疲惫又憔悴的样子，就给他端来一碗蛋花汤，让他上床休息。明天还有数学和宗教，考完就能出发了。

第二天上午的考试相当顺利。汉斯觉得这简直像是一个恶劣的玩笑，昨天考主要科目的时候倒足了霉，今天倒是一直顺风顺水。不管了，现在赶紧出发，回老家！

"考完了，我们可以回老家了。"他跟姑妈说。

父亲本来还想再待上一天，计划去附近的温泉疗养胜地坎施塔特，坐在疗愈花园里喝上杯咖啡，可是禁不住汉斯软磨硬泡，只好答应他今天独自出行。他被送上火车。拿到车票后，姑妈亲吻了他，给他带了些路上垫肚子的东西。于是，汉斯就这样筋疲力尽、心不在焉地坐着火车。火车穿过绿色的丘陵地带，向家乡驶去。直到墨蓝色的松林山峦出现在视野中，一种喜悦和解脱的感觉才涌上男孩的心头。他已经等不及要再见到家中的老女仆、他自己的小屋、校长、熟悉的低年级教室和家乡的一切了。

运气不错，车站没有遇到好奇的熟人，他得以拎着行李悄悄赶回家。

"在斯图加特过得不错吧？"老安娜问道。

"过得不错？你难道觉得考试是什么好玩的事儿吗？我是因为回家才这么高兴。我爸明天才到呢。"

他喝了一碗鲜奶，取下挂在窗前的泳裤，就跑了出去，但他没去附近大家都去游泳的那片草坡。

他一路走到远离城镇的"天平地"附近，那里的河水幽深平静，在高高的灌木丛间潺潺流过。他脱下衣服，小心翼翼地先把手再把脚探进沁凉的河水里，微微打了个寒战，随即一个猛子扎进了河里。他逆着微弱的水流慢慢游着，感到这几天积攒的汗水和恐惧正从身上滑落。小河以沁人的凉意环绕住他纤弱的身躯，崭新的喜悦也令他将美丽的家乡重新纳入了自己的心灵。他稍稍加速，小憩一阵，又再起步，感到周身被一股舒适的凉意和疲惫感所笼罩。仰躺在水上，他顺流而下，耳边是晚间成群的飞虫所发出的微弱的嗡鸣，它们在霞光中如金色的光圈般飞舞。他看到燕子穿梭着划破天际，夜幕降临时的天空被隐入山背后的夕阳，映出一片玫瑰色。当他重新穿好衣服，如梦似幻地拖着步子回家时，山谷已经完全暗了下来。

他走过商人萨克曼家的花园。当他还是个小孩子的时候，曾经和几个小伙伴偷过他们家几个半生的李子。他走过基尔希纳家的木工场，那里有成堆白色的松木梁，从前他常常在这些木梁下挖蚯蚓当鱼饵。他还走过检查员盖斯勒的小屋，两年前滑冰的时候，他是多想赢得盖斯勒的女儿艾玛的好感啊。艾玛是整个镇子里最优雅最秀气的女生，跟他同岁。当时，他有段时间最渴望的事就是跟她搭讪和拉她的手了。不过这些全都没发生过，因为他实在腼腆得说不出话。后来，艾玛被送去了寄宿学校，他现在连她长什么样子都记不清楚了。然而，这些童年往事如今又一一浮现，就好像来自一个遥不可及的地方，色泽明艳，并带着一种奇异的充满预感的气息，不同于之后所经历的一切。还记得那时，在傍晚时分，他会坐在纳绍尔德家莉泽姑娘的门口削土豆，听大人讲故事；星期天一大早，则卷起裤腿，带着几分忐忑，在堤坝下面抓螃蟹或淘金寻宝，之后浑身湿漉漉地穿着周日礼服回家，少不了被父亲胖揍一顿。那时有那么多神秘的事和奇怪的人，他已经很久都没想起来过了。那个歪脖子鞋匠斯特罗迈尔，所有人都知道是他毒死了自己的妻子；以及那个传奇人物"贝克先生"，他拄着拐，背着个袋子走天下，大家都叫他"先生"，因为他以前是个阔佬儿，有过四匹马和整辆豪华马车。汉斯如今对这些人和事，除了名字，几乎没有什么记忆了。他隐约感到，这个充满荒唐怪事的小巷世界已经从他身边消失，却没有其他生动且值得体验的事情填补这个空缺。

因为第二天还在放假，于是他早上睡到日上三竿，尽情享受自由的时光。中午他去接父亲的时候，父亲还沉浸在斯图加特的各种享受中不能自拔。

"如果你考过了，就可以提个要求。"父亲心情不错，"考虑一下！"

"别了吧，"男孩叹了口气，"肯定没考过。"

"别犯傻了，你到底想怎么样！趁我还没后悔，赶紧想想有什么想要的吧。"

"我想再去钓鱼，等放假的时候，行吗？"

"行，只要你考过了就行。"

第二天是个周日，雷雨交加，骤雨突降。汉斯在自己的小屋里猫着，好几个小时都在读书和思考。他仔细回想了自己在斯图加特的表现，反复得出的结论是：本来可以考得更好，可惜运气太差了。现在看来肯定是考不过了，该死的头痛病！他越想越着急，最后只好带着沉重的思虑去找父亲。

"爸！"

"怎么了？"

"我想问你点事。关于那个要求。我觉得……还是不要钓鱼了。"

"哦？这是怎么了？"

"因为我……唉，我就想问一下，我能不能……"

"快说，这是演哪一出呢？到底什么事儿？"

"万一我没考过，能去上高中吗？"

吉本拉特先生惊得说不出话。

"再说一遍？高中？"他一下子爆发了，"你？高中？这是谁跟你说的？"

"没人。我就是胡思乱想。"

他害怕极了，简直溢于言表。父亲却看不到。

"你走吧，走吧。"他勉强地笑着，"真是荒唐。上高中？你以为你是什么富二代啊？"

他使劲地挥着手，汉斯只好放弃，绝望地离开。

"这孩子真不像话！"父亲在他背后还怒气冲冲地咕哝着，"什么跟什么呀！现在他还想上高中！真行，他这是在发什么疯呢。"

汉斯在窗沿上坐了整整半个小时，呆呆地盯着新擦亮的地板，努力想象如果神学院附中、高中和接下来的学业都不成的话，他的人生将会怎样。他会被送到奶酪铺子或者哪个商行办公室当学徒，过一辈子庸庸碌碌的可悲生活，而他一直鄙夷并渴望超越这一切。

他那俊美而聪慧的学生面孔扭曲成一副充满愤怒和痛苦的表情。他气得猛跳起来，呸了一口，抓起手边的拉丁文阅读教材，用尽全力把它砸向最近的墙壁。然后，他冲进了暴雨中。

星期一一早，汉斯又回到了学校。

"你好吗？"校长边跟他握手边问道，"我以为你昨天就会来找我。考得怎么样？"

汉斯垂下了头。

"怎么了啊？自己感觉没考好吗？"

"我觉得是不太好。"

"嗯，有点耐心！"老先生安慰他说，"没准今天上午斯图加特的报告就送到了。"

这个上午漫长得可怕。报告一直没来，汉斯吃午饭的时候因为内心的压力几乎无法下咽。

当他下午两点钟走进教室的时候，班主任已经到了。

"汉斯·吉本拉特。"班主任大声喊道。

汉斯走上前去，老师握住了他的手。

"祝贺你，吉本拉特。你在州试中获得了第二名。"

教室里顿时一片肃静。这时门开了，校长走了进来。

"祝贺你。现在,你有什么话想说吗?"

这惊喜让男孩浑身无法动弹。

"你什么都不想说?"

"早知道的话,"汉斯脱口而出,"我完全能考到第一呢!"

"回家吧,"校长说道,"告诉你父亲。你现在不用再来学校了,反正再过八天就放假了。"

汉斯晕乎乎地走到街上,看着阳光下的树林和集市广场,一切如常,但又似乎变得更加美丽、更有意义、更加令人愉悦。他考过了!而且是第二名!第一波喜悦平息之后,一种炙热的感激之情涌上他的心头。如今,他再也不需要回避城区牧师了;现在,他可以去继续求学了!他再也不用害怕奶酪铺子或商行的生活了!

而且,现在他还能重新开始钓鱼了。当他到家时,父亲正好站在门口。

"怎么了?"父亲漫不经心地问道。

"没事,学校让我不用去了。"

"什么话?这是为什么?"

"因为我现在是神学院的学生了。"

"哎呀,老天爷,你考过了?"

汉斯点点头。

"成绩不错?"

"我是第二名。"

这真是老头子完全没有预料到的事。他一时间不知道该说什么,只是不断地拍着儿子的肩膀,咧嘴笑着,摇了摇头。然后他张了张嘴想要说点什么,却又什么也没说,只是又摇了摇头。

"好家伙!"他终于喊了出来,"好家伙!"

汉斯冲进屋里,跑上楼梯,直奔阁楼,打开了空荡的阁楼房间里的一个壁橱,翻找了一通,找出了几只盒子、成捆的线和一些软木块——这些都是他的钓鱼装备。现在,他首先需要一根漂亮的鱼竿。他跑下楼去找父亲。

"爸,把你的折刀借我用用!"

"要刀干吗?"

"我要削一根树枝钓鱼用。"

父亲把手伸进口袋,掏出折刀。

"拿着!"他容光焕发、派头十足地说,"这儿还有两马克,你自己去买把新刀。但别去汉弗里德那儿,去对面的刀具铺买。"

汉斯飞奔了出去。刀具铺的铁匠问了他考试的事儿，一听到好消息，就特意给他选了一把特别漂亮的刀。在河流下游，布吕尔桥下长着一片美丽修长的赤杨和榛木，他在那里挑了很久，终于削出了一根堪称完美、韧劲和弹性绝佳的鱼竿，然后兴冲冲地赶回了家。

他面色微酡，双眼闪着兴奋的光芒，开始兴致勃勃地为钓鱼整理装备——这个过程就像钓鱼本身一样令他着迷。他整整一下午和一晚上都在忙这个，仔细理清了白色、棕色和绿色的鱼线，鸡蛋里挑骨头似的检查每一根线，修修补补，还解开了许多打不开的结和缠绕许久的线团。他试了各种形状和大小的软木漂和羽毛漂，重新削了一些，用不同重量的小铅块锤成球状，并切出开口，用于加重鱼线。接下来，他开始处理之前剩下的一点鱼钩，把它们分别系在四股黑色缝纫线上、一段剩余的肠线，以及几根扭成条的马鬃线上。傍晚时分，一切都准备妥当。汉斯确信，在长达七周的暑假里，他绝不会感到无聊，因为只要带着钓竿，他就能独自在水边度过一整天的美好时光。

第二章

这才叫暑假嘛！群山之上是龙胆花般明艳的蓝天，炽热的艳阳天持续了几星期之久，间或来上一场雷暴雨，迅猛而短促。虽然流经无数的砂岩峭壁、松林阴影和狭窄山谷，但河水如此温暖，哪怕天都黑透了，还是能很舒服地在里面游泳。小镇周围弥漫着干草和打谷的气息，几块窄小的谷子地正逐渐变成金黄和金棕色。溪流边疯长着齐人高的伞状植物，开着白花，类似毒芹花的模样，花上总是趴满了细小的甲虫，用这种植物中空的秆可以削出笛子和哨子。林地边上，一排排长着绒毛、开着黄色花的雄伟毛蕊花尽显华贵；柳叶菜和千屈菜在纤长坚韧的茎上摇曳，将整片山坡染成紫红色。松林下的空地上矗立着高挑、笔直的红色毛地黄，银白绒毛覆盖的靠近根部的基生叶和强壮的茎托起了一串串艳丽的红色花萼，庄重而优美，又带点异域气质；还有种类繁多的蘑菇：鲜红夺目的毒蝇蕈、肥厚宽大的牛肝菌、奇形怪状的婆罗门参菌、鲜红多叉的珊瑚菌，还有颜色怪异、无精打采、病恹恹肥腻腻的水晶兰菌。树林与草地之间的长满石楠的荒坡上，柔韧的金雀花如明黄色的火焰般燃成一片，接着是一条条绵延着的紫红色石楠花带；再往里便是成片的草地了，时值第二次割草的前夕，豆瓣菜、蝇子草、鼠尾草和松虫草色彩斑斓、争奇斗艳。阔叶林中，叽叽喳喳的雀鸟鸣唱不休；针叶林里，如赤狐般红彤彤的松鼠在树梢间飞奔；在田埂、墙垣和干涸的沟渠旁，绿色的小蜥蜴泛着微光，怡然自得地呼吸着温暖的空气。而在草地上空，响亮而清脆、永不停歇的蝉鸣像一场场不知疲倦的夏日乐章。

此时的小镇显得颇具乡村气息，街道上满是运草车，空气中弥漫着干草的香味，铁匠修磨镰刀的叮当声不绝于耳。如果不是还有两座工厂，人们几乎会以为身处一个村庄。

在假期第一天早上，汉斯早早地站在厨房里，迫不及待地等着喝咖啡，而这时年迈的安娜才刚刚起身。他帮忙生火，从烤炉里取来面包，匆匆灌下一杯用鲜牛奶兑凉了的咖啡，把面包揣进口袋，接着飞奔了出去。他在铁路堤坝上面停下脚步，从裤兜里掏出一个圆形的铁盒，开始专心致志地捉蚱蜢。火车从他面前驶过——因为那段铁路线坡度很陡，所以火车并不是疾驰而过，而是慢悠悠地开了过去，车窗大开，乘客稀少，列车后面拖着一条由长长的烟雾和蒸汽形成的欢乐的旗帜，随风飘扬着。他望着火车远去，目光追随着那白色的烟雾，看它渐渐在晨光明亮的晴空中散开、消失。他多久没见过这些了啊！他深深地吸了一口气，仿佛要把失去的美好时光加倍追回，好好地再做一次无拘无束、无忧无虑的小孩子。

他的心因隐秘的喜悦和捕猎的渴望而怦怦直跳，手拿装满蚱蜢的盒子和新的钓鱼竿，走过桥，穿过后面的花园，朝着河水最深处的高尔斯潭走去。那边有个据点，斜靠在一棵柳树的树干上，比在其他任何地方都能更舒服而且不受打扰地钓鱼。他解开鱼线，在上面绑了一个小铅坠，无情地将一只肥大的蚱蜢穿在鱼钩上，然后用力大幅一甩，将鱼钩甩向河中央。熟悉的游戏开始了：成群的小鱼围着鱼饵乱窜，想把它从钩子上扯下来。没过多久，鱼饵就被吃了个干净。他换上第二只蚱蜢，接着是第三只、第四只、第五只。他越发小心翼翼地将蚱蜢固定在钩子上，最后又在鱼线上多加了一个铅坠。这时，第一次有条像样的鱼顶不住香饵的诱惑，轻轻试探了一下，再又松开，随后再次试探。终于，这条鱼上钩了——一个老练的钓客能直接感到一阵颤动从鱼线和钓竿直传指尖！汉斯佯装扯了一下，然后开始小心翼翼地收线。当它逐渐出现在水面时，汉斯认出那是一条红眼鱼：只需看看它宽大的、泛着白黄光泽的鱼身，三角形的头部，尤其是那鲜艳的肉红色腹鳍的根部，就能立刻辨认出来。它究竟能有多重？然而，他还没来得及估算，那条鱼突然拼命地一甩尾巴，绝望地在水面上翻腾了几下，随即逃脱了。他目送它在水中转了三四圈，然后像一道银色的闪电一般消失在水的深处。这条鱼咬得不牢。

在这位小钓鱼佬心中，狩猎带来的激动与炽热的专注被彻底唤醒了。他目不转睛地用锐利的目光盯着那根细细的褐色鱼线，尤其是它接触水面的地方。他面色微酡，动作简洁、迅速且稳妥。又一条红眼鱼上钩了，他成功得手；随后又钓上来一条小鲤鱼，几乎让人觉得捕到它有点可惜。接着，他连续钓上三条黄颡鱼。钓到黄颡鱼让他格外高兴，因为这是父亲最爱吃的鱼。黄颡鱼的体长最多不过一掌，身体肥胖，鳞片细密，有个大头和一撮滑稽的白胡须，眼睛小小的，尾部修长。它的颜色介于绿色和棕色之间，当被拖上岸时，鱼身会泛出一种带钢蓝色的光泽。

此时艳阳高照，坝顶的水沫在阳光下洁白如雪，温暖的空气在水面上颤动。抬眼望去，穆克山上空飘浮着几朵手掌大小的云，分外耀眼。天气越发热了起来。没有什么能比这几朵安静的云更能代表盛夏正午的炽热了。它们静静地悬在蔚蓝的半空，被阳光充分浸透，亮到令人无法长时间直视。没有它们的提示，你根本不会知道现在究竟有多热——蓝天不会告诉你，闪烁的河面也不会。但只要看到这些如泡沫般洁白、团成一个个紧实小球的正午航行者，便会忽然感到烈日的灼热，于是赶紧寻找阴凉处，用手擦拭湿漉漉的额头。

汉斯逐渐没那么认真钓鱼了。他有些疲惫，而且午间本来就不常有收获。在这个时段，白鱼常常会游到水面上来晒太阳，最老的和最大的那些也是。它们梦游般地成群结队，逆着水流的方向，贴近水面缓缓游动，有时毫无缘由地突然受惊而散开，但在这样的时候，它们绝不会咬钩。

他将鱼线挂在柳树的一根枝条上，让它垂进水里，自己则坐在地上，目光投向那碧绿的河流。鱼群慢慢浮出水面，一个接一个的暗色鱼背出现在水面上——它们就这样游着，迟缓而娴静，抵挡不住暖意的诱惑，仿佛中了什么魔咒。在这和暖的水中，它们不知有多惬意！汉斯脱下靴子，把双脚伸进温润的河水中。他看着已经钓上的鱼，它们静静地在一只大喷壶里游着，偶尔轻轻拍打水面，发出微弱的声响。这些鱼多美啊！白的、棕的、绿的、银的、暗金的、蓝的，色彩斑斓，鱼鳞和鱼鳍的每一次颤动都流光溢彩。

此刻万籁俱寂。几乎听不到马车驶过桥面的声音，连磨坊的轰鸣在这里也只是隐约可闻。只有白色水坝那恒久柔和的水流声，低沉而清凉，仿佛带着催眠的节奏从远方传来，渐次消失；水流绕着拴木筏的桩子轻轻打着旋儿，发出微弱的潺潺声。

希腊文与拉丁文、语法与文体、算术与记忆，还有那漫无休止的、一年下来令人筋疲力尽的折磨与喧嚣，全都在这暖洋洋的催人入眠的时刻渐渐隐去。汉斯稍微有点头痛，但远没有以往那么严重，现在他又可以坐在水边，看着坝顶的水花四散飞溅，时不时瞥一眼鱼线，而身旁的喷壶里则装着他钓到的鱼。这感觉实在太美好了。偶尔，他突然想到自己已经通过了州试，还拿了第二名，便用光脚啪嗒啪嗒地拍着水面，双手插兜，吹起了小调。严格说来，他并没真的学会吹口哨，这一直是他的一个小遗憾，也因此被同学们嘲笑过不少次。他只能从牙缝发出微弱的哨声，不过自娱自乐已经足够了，反正现在也没有人能听到。他的同学们此刻还在学校里上地理课，只有他一个是已经毕业的自由人。他已经超越了他们，那些被他甩在身后的人。那些家伙没少烦他，他除了奥古斯特外几乎没什么朋友，也对他们那些扭来打去的玩闹毫无兴趣。但现在，他们只能看着他前进，那些呆瓜，那些愣头青。他轻蔑地想着，甚至停下了吹口哨，撇了撇嘴。接着，他收起了鱼线，发现钩子上连一丝鱼饵的痕迹都没有，就忍不住笑出声。盒子里剩下的蚱蜢被他放生了，它们昏昏沉沉、不情不愿地爬进了矮草丛中。旁边的制革厂已经开始午休，是时候回去吃饭了。

午餐时几乎没有人说话。

"有收获吗？"父亲问。

"五条。"

"哟，是吗？那你可得当心，别钓着那些老家伙，不然以后就没小鱼了。"

谈话到此为止，再没有继续下去。天气实在太热了。真遗憾，吃完饭后不能马上去游泳。为什么不能呢？专家说对身体有害！有害什么的是不是鬼扯，汉斯可知道得一清二楚。他以前常常不理这些，吃完饭就跑去游泳。然而现在不一样，他已经长大了，不能再干这些调皮事儿了。天哪，在考试的时候，别人都用"您"来称呼他了！

最后，在花园里那棵红杉下躺上一小时也不是坏事。这里足够阴凉，可以看看书，或者观察蝴蝶飞舞。他就这样躺到两点，差点儿睡着了。不过现在可以去游泳了！河边草坪上只有几个小孩子，年纪稍大的都还在学校里。汉斯发自内心地为他们祝福。他慢悠悠地脱下衣服，缓步走进水里。他很懂得享受冷热交替所带来的快感：一会儿游上一段，潜水，扑打水花；一会儿又趴在岸边，让阳光炙烤快速干燥的皮肤。几个小孩子尊敬地在他周围悄悄走动。是啊，他如今可是个名人了，而且看上去也和其他人不一样。他那瘦削的、晒成古铜色的脖子上，一颗精致的脑袋非常优雅，面容带着书卷气，眼神里流露出一股居高临下的神情。至于身材，他非常瘦弱，四肢纤细，骨骼清秀，胸部和背部的肋骨都清晰可见，小腿肚上的肌肉几乎看不出来。

几乎整个下午，他都在阳光和河水之间来回逗留。下午四点后，他班上的大多数同学匆匆赶到，吵吵嚷嚷地跑过来。

"啊哈，吉本拉特！你现在日子过得真不错啊。"

他舒适地伸了个懒腰:"还行吧,是不错。"

"你什么时候去神学院?"

"要到九月份,现在是假期。"

他任由自己招来羡慕和嫉妒的目光,甚至当远处传来奚落的声音时,他也毫不在意。嬉笑声中,有人唱起了那首童谣:

> 我要也能那样爽,
> 就像丽莎妹子样,
> 大白天还赖在床,
> 唉,哪有这福享!

他只是笑了笑。与此同时,那些孩子开始脱衣服。有人直接跳进水里,动作干脆利落;有人先小心翼翼地试探着水温;还有些人则先躺在草地上歇一会儿。一个出色的潜水者引来了大家的赞叹,而一个胆小鬼则被人从背后推入水中,吓得尖叫着喊:"杀人啦!"他们追逐打闹,奔跑、游泳,朝着岸上光晒太阳不游泳的人泼水。水花四溅,欢笑喧嚷,整条河面上闪耀着阳光下湿润、明亮的裸体。

一个小时后,汉斯离开了。温暖的傍晚时分到来,正是鱼儿再次上钩的好时候。他在桥上钓鱼，一直到晚饭时，却几乎一无所获。鱼儿贪婪地追逐着鱼钩，饵料一会儿就被啃光了，但始终没有鱼上钩。他用樱桃做饵，显然它们太大又太软了。他决定晚些时候再试一次。

晚饭时，他得知有许多熟人来家里为他祝贺过。家人还拿当天的周报给他看，在《政府公报》栏目里有这么一条报道："本年度，我县仅推荐一名考生汉斯·吉本拉特参加神学院附中入学考试。现欣闻其以第二名的优异成绩顺利通过考试，特此通报。"

他将报纸折好塞进口袋，一言不发，心中却充满了难以抑制的骄傲与欢欣。之后，他又去钓鱼。这次，他拿几块奶酪做鱼饵——鱼很爱吃奶酪，而且在晚霞的映照下，奶酪比较容易被发现。

他把鱼竿留在了家里，只带了一套最简单的手钓工具。这是他最喜欢的钓法了：手中握着没有钓竿和浮标的鱼线，整套钓具只有鱼线和鱼钩。这种方法虽然稍显费力，但却趣味十足。用这种方式可以完全掌控鱼饵的每一个细微动作，感受到鱼的试探和咬钩，通过鱼线的颤动，仿佛能直接观察到鱼的行为，可以说是如临其境。当然，这种钓鱼方式需要技巧。你必须手指灵巧,眼观六路,像间谍一样时刻保持警觉。

在那沟壑纵横、蜿蜒曲折的狭窄河谷中,暮色很早就降临了。桥下的水面暗沉,没有丝毫波动,下游的磨坊已经亮起了灯光。谈笑声和歌声从桥上和小巷间飘来,空气略显闷热。河里,不时有一条黑魆魆的鱼猛然跃出水面,溅起短促的水花。这样的夜晚,鱼儿们显得异常活跃,它们在水中飞速地曲折穿梭,时而飞跃出水面,有时撞上鱼线,甚至盲目地扑向鱼饵。等到最后一块奶酪用完时,汉斯已经钓上了四条小鲤鱼。他打算明天把这些鱼送给城区牧师。

一阵暖风顺着山谷吹下。天色暗了好多,但天空仍透着微光。渐渐被夜色笼罩的小镇中,只有教堂的钟楼和城堡的穹顶以清晰的剪影状矗立在明亮的高空。很远的什么地方似乎正在下雨,天空中不时传来一阵阵低沉而辽远的雷鸣。

汉斯晚上十点上床睡觉时,他的头脑和四肢感到一种久违的令人舒适的疲倦和昏昏欲睡的感觉。美好而自由的夏日时光如长长的画卷般在他面前铺展开来,令人安慰和向往,那是可以用来闲逛、闲泳、闲钓和闲来发梦的日子。只是有一件事令他耿耿于怀:他没能考出最好的成绩。

一大早,汉斯就站在城区牧师家的门廊里,将他钓的鱼送去。牧师从书房里走了出来。

"啊,汉斯·吉本拉特!早上好!祝贺你,衷心祝贺你。——你拿的是什么?"

"就几条鱼。我昨天钓的。"

"哎呀,你看!有心了。快进来吧。"

汉斯走进了他熟悉的书房。这地方看起来一点也不像一般人们理解的牧师的书房。这里既没有盆栽花卉的香氛,也没有烟草的味道。这里铺陈罗列的藏书几乎全都有着崭新的书脊,漆皮的封面光亮整洁,还有精致的烫金。不像那些牧师藏书常见的册子,全都磨损过度、歪歪斜斜、虫洞斑驳且霉斑累累。仔细查看这些井然有序的书籍标题,能感受到一种新的精神,与那逐渐凋零的老一代牧师身上古典庄重的风貌截然不同。那些典型的牧师必备的荣耀藏品——班格尔、厄廷格、施泰因霍费尔以及摩里克在《塔楼风信鸡》中如此美妙又深情地唱颂过的虔敬歌集——在这里要么完全不见踪影,要么隐没在现代书籍的海洋中。整体来看,这里的一切——包括杂志夹、立式讲台和铺满纸张的大书桌——都散发出学术气息和庄严氛围,让人感觉这里是人整日工作的地方。事实上，这里确实有大量工作在进行，不过与其说是在准备布道、训导讲义和《圣经》课程，不如说是为学术期刊撰写研究文章的前期准备，以及为撰写专著而从事的各种学术研究。这里没有一丝一毫关于冥想神秘主义或意在启示的沉思的影子，也摒弃了那种单纯的心灵神学，它以爱与怜悯为桥梁，跨越科学的深渊，向渴求着的民众灵魂伸出双手。取而代之的是激烈的《圣经》批评和对"历史上的基督"的追寻，这位基督对现代神学家而言，看似唾手可得，却也如手中鳗鱼般滑溜，难以捕捉。

实际上，神学与其他领域别无二致。有一种神学是艺术，另外一种是科学，或者至少努力成为科学。过去如此，如今亦然：走科学道路的神学家们总是忙于制造盛放老酒的"新皮囊"，却往往买椟还珠，错失其陈酿；而倾向于艺术路径的神学家们则对显而易见的谬误全无所谓，始终坚持为许多人的心灵带来安慰与愉悦。这是批判与创造、科学与艺术之间古老而不对等的斗争，前者总是占理，但无法直接令众人受益；而后者则总是不断播撒信仰、爱、安慰、美与永恒期盼的种子，并让这些种子一次又一次在肥沃的土壤中生根发芽。因为，生命比死亡更强大，而信仰比怀疑更有力量。

汉斯第一次坐在布道台与窗户之间的小皮沙发上。城区牧师显得异常友好，亲切地和他聊起神学院和那里的学习与生活，就像对待一个同行。

"你在那边最重要的新鲜经历，"牧师最后说道，"就是《新约》的希腊语入门。一个全新的世界将向你开启，很多东西要学，但是也不乏乐趣。刚一开始，这种语言可能会让你感到费劲；这不是古希腊经典的雅典希腊语，而是一种由全新精神所创造的独特的语言。"

汉斯专心聆听，感到自己在逐渐接近真正的科学领域，充满自豪之情。

"学校里的教学方式，"城区牧师继续说道，"自然会使这新世界丧失一些魅力。而且，刚进神学院的时候，希伯来语可能会占用太多的时间和精力。如果你愿意的话，我们可以在这个假期里做一点简单的准备。这样一来，到了神学院以后，你会很高兴能把时间和精力腾出一些来做别的事情。我们可以一起读几章《路加福音》，你会几乎像做游戏一样，不知不觉就掌握了这门语言。我可以借给你一本词典。为此你需要每天挪出一个小时,顶多两个小时吧,肯定不会多过两小时,因为你现在最重要的还是享受你应得的假期。当然,这只是一个建议——我可不想因此破坏你放暑假的好心情。"

汉斯自然应承了下来。虽然这《路加福音》课在他自由欢乐的万里晴空上无异于一片微小的阴霾,但他还是羞于拒绝。而且,在假期里顺带学一门新语言,无疑更像是种乐趣而非负担。毕竟,对于到神学院之后即将面对的那么多新课,他本来就有一点担心,尤其是希伯来语。

从城区牧师那里出来的时候,他心中并无任何不满。沿着落叶松小径向树林深处走去的时候,连那一丝微微的不快也已经烟消云散,而且他越想这件事,越觉得并不是不能接受。因为他本来就知道,如果想在神学院学校继续名列前茅,就必须更加有斗志,更加努力,而他确实有这个决心。至于为什么要这样,他自己也说不清。过去三年里,他一直是众人关注的焦点。老师、城区牧师、父亲,尤其是校长,都不断激励和鞭策着他,使他始终保持着紧绷的状态。在这么长的时间里,一个年级一个年级地升上来,他一直是无可争议的领头羊。如今,他已经逐渐习惯将"拔得头筹、不容他人比肩"视为自己的骄傲。而那愚蠢的对考试的恐惧,如今也已经成为过去了。

当然,有假放才是最开心的事。此刻的树林在清晨时光显得格外美好,尤其是因为这美景眼下可以由他独占。红杉树排排矗立如廊柱,青绿色的枝叶宛如无尽的穹顶笼罩其上。低矮的林中植被不是很多,只有零星可见一大丛茂密的覆盆子,但是这里有着无比宽阔、如地毯般柔软的苔藓地,上面点缀着低矮的蓝莓树和石楠花。露水已经干透,笔直的树干之间弥漫着一种林间清晨独特的湿热气息,那是由阳光的温暖、露水的蒸腾、苔藓的气息,以及树脂、松针和蘑菇的混合气味交织而成的,令人微微陶醉,轻柔地抚慰着所有感官。汉斯扑倒在苔藓上,摘食茂密的黑果蓝莓,耳边不时传来啄木鸟敲击树干的笃笃声,还有布谷鸟不甘落后的布谷声。在黑黝黝的松冠之间,纯净的深蓝色天空清晰可见,远处无数挺拔的树干簇拥成了一道肃穆的褐色屏障。间或可见阳光投下的黄色光斑铺洒在苔藓上,闪烁着温柔而饱满的光泽。

本来,汉斯打算来一次长途散步,至少要走到吕策勒农庄或者藏红花草地。可现在,他躺在苔藓上,吃着蓝莓,无精打采地仰望天空,开始出神。他自己都开始感到奇怪,为什么会这么累。以前走三四个小时的路对他来说根本不算什么。他决定振作起来,好好走上一段路。他走了几百步,却又不知道怎么回事,再次躺倒在苔藓上休息。他就那样躺着,眼睛眨巴眨巴地在树干、树梢之间游移,又落在绿色的地面上。这空气怎么会让人这么疲倦呢?

他快中午的时候回到家,头痛又开始了,这次就连眼睛也开始痛了。林间小路上的阳光实在太过刺眼了。他整个下午都闷闷不乐地坐在家里,直到去游泳才重新感到精神焕发。现在,是时候去城区牧师那里了。

在去那边的路上,他被鞋匠弗莱格叫住。弗莱格正坐在自己作坊窗前的小三脚凳上,看到汉斯路过,便叫他进来。

"去哪儿啊,我的孩子?都快见不到你了。"

"我现在得去找城区牧师。"

"还要去?考试不是都结束了吗?"

"是啊,现在有新的东西要学了:《新约》。因为《新约》是用希腊文写的,但是是一种跟以前学过的完全不同的希腊文。我现在要学这个。"

鞋匠把帽子使劲往脑后推了推,他宽阔的思虑过重的额头皱了起来,眉头紧锁,深深地叹了一口气。

"汉斯,"他低声说道,"我得跟你说点事。到现在为止,我一直没吭声,是因为你在忙考试的事。但现在我必须提醒你,你得知道,城区牧师是个不信神的人。他会告诉你,也会示范给你看,说《圣经》是错误的、虚构的,而等你跟他一起读完《新约》,你可能已经糊里糊涂地丢失了自己的信仰。"

"可是,弗莱格先生,这只是为了学习希腊语。在神学院我反正也得学的。"

"话是这么说。可这是两码事:在虔诚而有责任心的老师指导下学习《圣经》,和在一个不再相信上帝的人那儿学习,完全不是一回事。"

"没错,但是谁又知道,他是不是真的不信神?"

"汉斯,很抱歉,这一点所有人都知道。"

"那我现在要怎么做呢?我已经跟他约好了要过去。"

"那你当然还是得去,这没问题。不过,最好别去太多次。而且,如果他说《圣经》是人写的,是编造出来的,不是出自圣灵的启示,那你就来找我,我们一起谈谈。这样好吗?"

"好的,弗莱格先生。不过应该不会那么糟糕吧。"

"走着瞧吧。千万别忘了啊!"

城区牧师还没回家,汉斯只好在书房里等着。他一边观察书架上那些烫金的书名,一边回想着鞋匠师傅的话。这类针对城区牧师和那些新派牧师的言论,他以前也听过不少。然而,这一次,他第一次感到自己带着一种紧张和好奇的心情被卷入了这些问题之中。这些事情对他来说并不像对鞋匠那样重要,也并不可怕,相反,他隐约意识到其中隐藏着一种可能性,能够触及某些古老而伟大的秘密。在他早年的学生时代,有关上帝的无所不在、灵魂的去向、恶魔和地狱的问题,偶尔会激发他的想象力去一探究竟,但在最近几年紧张而刻苦的学习生活中,这些念头已经沉寂。他在学校被灌输的基督教信仰,也只有在与鞋匠的对话中才偶尔显露出一点个体化的生命力。想到这一点,他不禁笑了笑。他将鞋匠和城区牧师做了个对比。鞋匠的坚定信仰源于他在艰苦岁月中所获得的信念,这是汉斯这样的男孩无法理解的。此外,弗莱格虽聪明,但性格质朴且偏执,因为他的虔敬派信仰常常被许多人嘲笑。在名为"兄弟会"的集会活动上,他以严厉的兄弟般的法官和权威的《圣经》阐释者自居,还常常在乡下举办灵修活动,但除此之外,他也只是一个普通的手工业者，和其他人一样见识有限。而城区牧师则不同，他不仅是一个机敏的、口才极佳的演说家和布道者，更是一个勤奋而严谨的学者。汉斯怀着敬畏的心情仰望着书架上的藏书。

不久后，城区牧师回来了，他脱下礼服，换上了一件轻便的黑色家居外套，将一本希腊文版的《路加福音》递给汉斯，让他开始朗读。这与之前的拉丁课完全不同。他们只读了几句话，字斟句酌地翻译出来，而后老师从这些看似平淡无奇的例子中巧妙又雄辩地阐释了这门语言独特的精神，谈论了这本书的创作时代和方式。在短短的一堂课中，他为汉斯打开了一种全新的学习与阅读理念。汉斯隐约意识到，每一节经文、每一个词语中都蕴藏着谜题和任务，千百年来，无数的博学者、沉思者和研究者都在为此而绞尽脑汁。他感到，就在此刻，他仿佛已经被纳入了真理追求者的行列之中。

牧师借给了他一本词典和一本语法书，汉斯回到家后，整个晚上都在继续学习。他现在明白，通往真正的研究的道路上要跨越多少知识和工作的高山，而他也下定决心要坚持到底，不让任何东西、任何人阻止他前行。至于鞋匠，此刻已完全被汉斯抛在脑后了。

几天来，这种全新的状态完全占据了汉斯的心神。每天晚上，他都会去找城区牧师，每一天，他都觉得真正的学问越发美好、越发艰难，也越发值得追求。清晨，他去钓鱼；下午，他去有草坪的河岸边游泳；除此之外，他几乎足不出户。那因考试的恐惧和胜利的喜悦而暂时沉寂的雄心再次苏醒，并让他不得安宁。同时，他头脑中那种奇特的感觉也开始重新浮现，这是他过去几个月里常常感受到的——不是疼痛，而是一种急切而昂扬的冲动，伴随着加速的脉搏和被激烈唤起的力量，一种无法遏制的渴望，想要推动着他继续前行。当然，在此之后，头痛还是会来，但只要这种微妙的"发烧状态"持续存在，他的阅读和学习便会进展飞速。他几乎轻而易举地读懂了色诺芬作品中最难的句子，几乎完全用不上词典，他凭借敏锐的理解力飞快地穿越那些原本艰深的篇章，充满了愉快的成就感，而像这样难度的句子他平时要花好几刻钟才能读懂。伴随着这种高度的学习热情和求知的渴望，一种自豪感油然而生，仿佛学校、老师和求学时光都早已成为过去，而他已经在一条独属于自己的道路上，向着知识与能力的高峰迈进。

这种感觉如今再次袭上他的心头，与此同时，他睡得很浅，常常会中途醒来，梦境奇特而清晰。如果他在夜里因轻微的头痛醒来而无法再度入睡，就会产生一种强烈的不耐烦的冲动，想要继续学习。而当他一想到自己已经把所有同学远远地抛在了后面，就连老师和校长都已经带着某种尊敬甚至崇拜的目光看待他时，一种优越的自豪感便油然而生。

对校长来说，能引导并培育起这个由他本人所激发的、美好的志向，令其不断成长，是一种由衷的乐趣。有人说，教育工作者们全都是些缺乏情感、思想僵化、毫无灵魂的教书匠！哦，还真不是这样的。当教师看到一个孩子长期未曾展露的才能终于绽放，看到一个男孩放下木剑、弹弓、弓箭以及其他幼稚的玩具，看到他开始努力上进，看到学业的严谨将一个包子脸的小屁孩变成一位细腻、严肃甚至几乎禁欲的少年，看到他的脸庞变得成熟而富有思想，他的目光更加深邃而坚定，他的双手更加平静、白皙和沉稳时，教师的内心便因喜悦与骄傲而欢笑。作为教师，他的职责，以及国家赋予他的使命，就是抑制并清除少年身上粗野的蛮力和欲望，用安静、节制、由国家批准的理想取而代之。如果没有学校的努力，在如今对生活满足的公民与奋发向上的公务员中间，有多少人本可能变成无法约束的激进革新分子或毫无成果的空想家啊！每个人的内在都有某种野性和不依规矩、未经教化的东西，必须首先被摧毁；对于危险的火苗，我们必须防患于未然。人类，依其天赋的自然本性而言，是不可预测、晦暗难明，甚至带有敌意的。他是从未知的高山奔涌而下的洪流，是一片毫无路径和秩序可言的原始丛林。而正如原始丛林需要被砍伐、清理并强行赋予边界一样，学校的任务就是击垮、征服并强行限制自然状态下的人，将其根据权威所认可的原则塑造成对社会有用的一分子，并唤醒他身上的优秀品质，这些品质最终将在军营的严格纪律中得到完美的升华。

小吉本拉特的成长是多么令人欣慰啊！他几乎自然而然地放弃了游手好闲和玩耍的习惯，上课时的那些傻笑早已不再出现，甚至连园艺、养兔，以及那没用的垂钓，他也都不再沉迷其中。

一天晚上，校长亲自来到了吉本拉特家。在以礼貌的方式打发走感到受宠若惊的父亲后，他走进汉斯的小房间，发现他正在研习《路加福音》。校长亲切地问候他：

"真不错啊，吉本拉特，又在勤奋学习了！不过你怎么最近都不来找我了?我每天都在等你呢。"

"我本来想去的,"汉斯带着歉意答道,"但我想至少给您带一条好鱼才好意思去。"

"鱼?什么鱼啊?"

"嗯,比如一条鲤鱼之类的。"

"哦,原来如此。所以,你又开始钓鱼了?"

"是的,钓得不多。是我爸同意了的。"

"嗯,这样啊。钓鱼让你很开心吧?"

"是的,非常开心。"

"很好,非常好,你的假期确实是你应得的奖励。你现在大概没兴趣另外再学点什么吧?"

"哦不,校长先生,我当然想学。"

"我不想勉强你做任何你自己不愿意的事情。"

"不会,我当然有兴趣。"

校长深吸了几口气,捋了捋下巴上稀疏的胡须,然后在椅子上坐下。

"你看,汉斯,"他说,"事情是这样的。这是过来人告诉你的经验:在一次发挥出色的考试之后,往往会跟随着突然的退步。在神学院,你需要适应许多新的科目。通常会有一些学生,他们在假期里已经提前预习了——这些人往往是在考试中成绩不那么理想的。

结果,他们会突然之间迎头赶上,让那些在假期里满足于自己已有成绩因而止步不前的人落在后面。"

他又叹了一口气。

"在我们这儿的学校里,你总是轻而易举地拿第一。但在神学院,你会遇到其他的同学,他们要么天赋异禀,要么异常勤奋,不会那么容易被你超越。你明白吗?"

"嗯,明白。"

"那么,我想建议你在这个假期里稍微提前学习一些课程内容。当然,要有节制!你现在有权利也有义务好好休息。我认为每天一到两个小时的学习时间可能比较合适。如果完全不学习,人很容易脱节,之后可能需要好几个星期才能重新跟得上节奏。你觉得呢?"

"我随时都可以,校长先生,您对我这么上心……"

"很好。除了希伯来语之外,在神学院你还会接触到荷马的作品,它将为你开启一个全新的世界。如果我们现在就打下坚实的基础,你读荷马时会有双倍的乐趣和理解力。荷马的语言——古老的爱奥尼亚方言以及荷马诗体的韵律,是极其独特的,完全自成一体。

要真正领略这些诗歌的魅力,就必须下功夫,用心钻研。"

汉斯当然同样很乐意踏入这个新世界,并承诺会尽最大努力。

但是这还没完。校长清了清嗓子,继续亲切地说道:"坦白说,我也希望你能花些时间在数学上。虽然你不是一个糟糕的算术家,但数学始终不是你的强项。在神学院,你将开始学习代数和几何,为此,提前上几节预备课程可能会更合适。"

"好的,校长先生。"

"你知道,我这里随时欢迎你。对我来说,看到你成为一个出色的人才是一种荣耀。不过关于数学,你得去跟你父亲说,请他安排你跟教授上几节私教课。每周三到四节,应该比较合适。"

"好的,校长先生。"

于是学业重新开始恢复,而汉斯连偶尔抽出时间去钓鱼或散步的时候,都不免心生愧疚。而且,他习惯的游泳时间也被那位牺牲自己时间的数学老师占用了。

这些代数课,无论汉斯多么努力,也无法让他感到愉快。炎热的下午，他不得不去教授那闷热的小书房上课，而不是去清凉的河边草坪，这实在太可悲了。在那尘土飞扬、蚊虫嗡嗡作响的空气中，头脑昏沉、声音干涩地背诵着什么"a 加 b"和"a 减 b"。空气中弥漫着一种令人窒息的沉重感，在那些糟糕的日子里，这种压抑甚至会转化为一种无助的凄凉与彻底的绝望。汉斯与数学的关系也颇为奇妙。他并不是那种完全无法理解数学的学生，有时甚至能找到不错甚至优雅的解法，并从中感受到乐趣。他喜欢数学的一点在于，它没有歧途与欺骗，不会让人偏离主题，去涉足虚幻的旁枝末节。也正因如此，他对拉丁语也很偏爱，因为这门语言清晰、可靠、毫不含糊，几乎没有什么可疑之处。然而，即使数学计算的结果全都正确，他依然觉得没有什么实质上的意义。数学作业和课程让他感到仿佛行走在一条平坦的大道上——你总是在前进，每天都取得一些进展，但永远无法攀上一座高山，也无法看到眼前豁然开朗的辽阔风景。

校长的课堂则稍显生动。当然，城区牧师能将《新约》中那种衍变的希腊语解释得更加引人入胜、更加壮丽迷人，而校长对充满青春气息的荷马史诗语言的讲解则略逊一筹。但无论如何，荷马的作品本身就蕴藏着无穷的魅力。一旦克服困难入了门,随之而来的惊喜和享受便让人欲罢不能。汉斯常常坐在书桌前,对着一句音韵神秘而优美却难以理解的诗句,急切地翻开词典,寻找揭开谜底的钥匙。他满怀期待地憧憬着,那诗句背后仿佛隐藏着一个宁静而愉悦的花园,正等待着他进入。

汉斯现在又有了做不完的作业。许多个夜晚,他都会紧盯某个习题不放,一直坐在桌前学习到深夜。父亲吉本拉特看着他如此勤奋,感到无比自豪。在他那迟钝的头脑中,模糊地存着一种理想———一种许多碌碌庸人都共有的理想:希望家族之树能长出一根远超自己的枝丫,他只能怀着不可高攀的敬意仰望。

汉斯又去钓了几次鱼。他常常头痛,心不在焉地坐在岸边,看着河水映照着一片浅蓝色的初秋天空。他不明白自己当初为何会如此期待这个暑假。现在,他反倒为假期即将结束感到庆幸,因为他即将进入神学院,迎接一种全然不同的生活与学习方式。由于对钓鱼已经不再上心,他几乎没有任何收获。父亲某次奚落了他一句后,他干脆撂下不干了,把鱼线重新束之高阁,再也没有碰过。

直到假期的最后几天,汉斯才突然想起,自己已经好几个星期没去看望鞋匠弗莱格了。即便是走在去往鞋匠家的路上,他心里仍旧充满不情愿。夜幕已降,弗莱格坐在起居室的窗边,两膝上各坐着一个小孩。窗户虽然敞开着,但皮革和鞋油的气味依然弥漫在整个房间里。汉斯局促不安地将手放在鞋匠那粗糙而宽大的右手上,感到一丝尴尬。

"嗯,怎么样?"弗莱格问道,"最近是不是经常去城区牧师那儿?"

"是的,我每天都去,学了很多东西。"

"学了什么?"

"主要是希腊语,还有一些其他的知识。"

"所以你就再也不想来找我了?"

"我其实是想来的呀,弗莱格先生,可惜一直没找到机会。我每天在城区牧师那里上一小时课,在校长那要上两个小时,每周还有四次要上数学课。"

"假期里也这样?这不是乱来吗?"

"我不知道,老师们是这么安排的。再说,学习对我来说也不是特别难。"

"可能是吧,"弗莱格说道,一把抓住了汉斯的胳膊,"学习当然是好事,可你这小胳膊是怎么回事?脸也这么瘦。还头痛吗?"

"偶尔会有一点。"

"这简直是瞎搞,汉斯,而且还是一种罪过。你这个年纪,应该多呼吸新鲜空气,多活动身体,还要好好休息。给你们放假是为了什么?可不是让你整天窝在房间里继续学习的。你瞧瞧你,简直瘦得皮包骨头了。"

汉斯笑了。

"好吧,你肯定能挺过去的。不过,任何事都别太过头了,要适度!你说说,城区牧师那儿的课怎么样?他都跟你讲了些什么?"

"他讲了特别多,但没什么不合适的。他真的是个特别有学问的人。"

"他有没有说过什么对《圣经》不敬的话?"

"没有,一次也没有。"

"那就好。我告诉你:宁可身体吃十次苦,也不能让灵魂受一点损伤!你的志愿是当牧师,这是一个高贵而艰巨的使命,你们这些年轻人中,大多数都没法胜任。但你不一样,可能你就是那个合适的人。将来,说不定你真能成为灵魂的引导者和导师。我真心祝愿你能成才,我会为你祈祷的。"

他说着站起身来,双手用力按在汉斯的肩膀上。

"保重啊,汉斯,记得坚守正道!愿上主保佑你、护佑你,阿门。"

这庄重的仪式感、祈祷方式以及其中所使用的标准德语,都让汉斯感到压抑和不自在。他记得城区牧师送别他时可没这么一本正经。

最后几天在忙碌的准备工作和临行的各种告别中匆匆过去。一只装着床上用品、衣物和书籍的大箱子已经提前寄走,现在只剩下旅行袋还需要整理。在一个清冷的早晨,父亲和汉斯一同启程,前往毛尔布龙。离开家乡,告别父亲的家,搬去一个陌生的寄宿学校,这种感觉对汉斯来说既陌生又让人心情沉重。

第三章

在符腾堡州的西北部，林木葱郁的丘陵与宁静的小湖之间，矗立着一座宏伟的毛尔布龙西多会修道院。这座修道院规模宏大，建筑坚固且保存完好，无论内外都极其壮丽。历经数百年的岁月洗礼，它早已与周围静谧优美的自然环境融为一体，散发出一种高贵而浑然天成的和谐美感，作为居所可谓令人神往。造访这座修道院的人，首先会穿过一道古色古香的拱门，步入一处被高墙环绕的宽阔而静谧的院落。院中有一座潺潺流淌的井泉，几株庄严的古树，两旁是坚固的石砌老屋。院落的尽头，则是恢宏的主教堂正面，其入口处是一条晚期罗马式的前廊，名为"天堂"，以其优雅与无与伦比的迷人之美著称。教堂那高耸的屋顶上立着一座尖细滑稽的小塔，令人难以想象它竟能承载一口钟。保存完好的回廊本身已是一件精美的艺术品，其中珍藏着一座别具风采的泉水礼拜堂；修士餐厅的交叉拱顶线条刚劲高雅，其空间宏伟壮丽。除此之外，还有供祈祷用的小礼拜堂、会客室、访客餐厅、院长宅邸和两座教堂,这些建筑紧密相连,浑然一体。古色古香的墙壁、凸窗、拱门、小花园、一座磨坊和几栋住屋环绕在这些厚重而古老的建筑周围,形成了一种舒适而明朗的氛围。宽阔的前院安静而空旷,仿佛在沉睡中与树影嬉戏;唯有午后的一小段时间,这里才会偶尔浮现短暂的生机。这时你会看到,一群年轻人从修道院里走出来,分散在宽广的院落中,为这里带来些许生气。他们呼喊着、交谈着,笑声四起,还玩起了球类游戏。可过了一小时,他们便迅速而无声地消失在高墙之后,仿佛从未出现过。在这个广场上,不少人曾想象,这里应该是一个充满生命力与欢乐的地方,这里应该能够孕育出某种鲜活而令人喜悦的事物。成熟而善良的人们应当在此畅想愉快的事物,创造出美丽而明朗的作品。

出于深切的关怀,政府将这座远离尘世、隐匿于丘陵与森林之后的壮丽修道院提供给新教神学院的学生居住。这里的美与静谧环绕着这些心灵敏感的年轻人,让他们远离城市和家庭生活的干扰,并免于接触活跃的世俗生活可能带来的有害观感。这样一来,这些年轻人能够多年如一日,将希伯来语和希腊语的学习及其他副科的钻研当作他们生活的目标,并将青春灵魂中所有的渴望完全转向纯粹而理想的学术与精神享受。此外，寄宿生活也是一个重要因素，它要求学生自我管理，并培养出一种归属感。政府为这些神学院的苗子们提供资助，使他们能够生活和学习，同时通过这种环境确保他们被塑造成一种独特精神——一种可以随时识别的特质——的继承者。这是一种精妙而稳妥的烙印方式，同时也是自愿臣服的意味深长的象征。除了那些偶尔挣脱束缚的"不羁者"之外，每一个来自士瓦本地区的神学院中学生，在其一生中都会带有这种烙印。人各不同，环境与成长条件也千差万别，而政府却通过一种精神上的"制服"，公平而彻底地在其培养对象中消除了这些差异。

那些在进入修道院时有母亲陪伴的学生，一生都会带着感激与含泪的微笑回忆起那段离别的日子。而汉斯·吉本拉特的情况却截然不同，他没有这样的情感波动，轻松地跨过了这一阶段。然而，他却得以仔细观察其他学生的母亲，这给他留下了一种奇特而深刻的印象。

在那些被壁橱环绕的大走廊——也就是所谓的修道院集体寝室的走廊里，到处散落着箱子和篮子。由父母陪同而来的男孩们正忙着打开行李并整理他们零碎的杂物。每个人都被分配了一个有编号的柜子，以及在学习室里一个有编号的书架。父母和儿子们跪在地上，一边拆行李一边整理，而勤务长则像个贵族般穿梭其间，不时提出一些善意的建议。行李里拿出来的衣物一一摊开，衬衫叠好，书本整齐堆放，靴子和拖鞋排列成行。每个人行李中的主要物品都大同小异，因为必备衣物的最低数量和基本的生活用品都得按规定来。刻了名字的金属脸盆摆在洗漱室里，海绵、肥皂盒、梳子和牙刷也依次放好。此外，每个人还带来了一盏灯、一壶灯油和一套餐具。

男孩们一个个都显得异常忙碌而激动。父亲们微笑着，试图帮上点忙，却又频频看自己的怀表，显得颇为无聊，还时不时想找机会溜走。而整场活动的灵魂则是那些母亲。她们逐件拿起衣服和内务用品，抚平褶皱，整理带子，尽可能小心翼翼地将物品整齐有序地分配到柜子里，并细心地调整。与此同时，各种叮嘱、建议与温情的关怀也一并倾注其中。

"这几件新衬衫可一定要省着点儿穿，花了三个半马克呢。"

"脏衣服每四个星期寄一次，用火车托运，实在着急的话，就邮寄。黑帽子是礼拜天用的。"

一位还很年轻美貌的母亲检查着她宝贝儿子装得满满的衣柜，充满爱意地抚过一堆堆整齐叠好的衣物。整理完毕后，她开始温柔地摩挲她的孩子——一个肩膀宽宽、腮帮子鼓鼓的小男孩。他有点害臊，窘迫地笑着推开母亲的手，还故意把双手插进口袋，以免看上去显得过于亲昵。看来，这场离别对母亲来说比孩子更为难熬。

对另一些孩子来说，情况正好相反。他们茫然无助地看着忙碌的母亲，一筹莫展，甚至看起来恨不得立刻跟着母亲一起回家。然而，无论是谁，离别的恐惧与因离别而倍增的亲情和依恋之感，都在与面对旁人目光的羞怯以及初尝男子汉尊严的倔强进行着激烈的较量。许多人明明想哭，却故作无所谓，装出一副满不在乎的样子，而母亲们则含笑注视着他们。

几乎所有人除了必需品之外，还从箱子里取出了几样"奢侈"的小物件，比如一小袋苹果、一根熏肠、一篮子糕点等等。不少人还带来了冰鞋。一位看上去很机灵的小个子少年因拥有一整条火腿而引起了轰动，而他丝毫没有想要遮掩的意思。

很容易分辨出哪些孩子是直接从家里来的，哪些之前就待过寄宿学校或类似机构。但即便是后者，脸上也显露出兴奋和紧张的神色。

吉本拉特先生帮儿子整理行李，表现得既聪明又务实。他比大多数人都收拾得快，随后和汉斯一起无聊而尴尬地站在宿舍走廊里。看到周围父亲们忙着告诫和教导，母亲们在安慰和叮嘱，而儿子们则拘谨地倾听，他也觉得自己有必要给汉斯说些"金玉良言"，以指引他的未来之路。他苦思良久，在沉默的男孩身边缓缓踱步。然后，他突然开口，拼凑出了一套颇具庄重意味的陈词滥调。汉斯有点惊讶，默默地听着，直到他看到旁边的一位牧师对父亲的这番训话露出了带着几分戏谑的微笑，才顿时感到难堪，连忙把父亲拉到了一边。

"所以，你一定会光宗耀祖，是不是？你也会服从安排，对吧？"

"一定。"汉斯回答道。

父亲沉默了一会儿，长舒了一口气，放松了下来。他开始感到无聊至极。而汉斯也有些茫然无措，他不时透过窗户，怀着拘谨的好奇心朝下面静谧的回廊望去。那古朴隐逸的庄严和宁静与楼上嘈杂的年轻生命形成了奇妙的对比。他还羞怯地打量着忙碌的同学们，这些人中他一个也不认识。那位曾和他一起参加考试的斯图加特考生，尽管有着高超的戈平根拉丁语造诣，却似乎没能通过考试，至少汉斯没有见到他。汉斯漫不经心地观察着自己未来的同学。虽然这些男孩的行李配备大体相似，但还是很容易区分出城里人和农家子弟，以及富家子弟和贫寒家庭的孩子。富人家的孩子很少进神学院，这一方面可能出于父母的骄傲或更深的远见，另一方面也可能是由于孩子的资质有限。尽管如此，仍有一些教授或高级官员出于对自己修道院岁月的怀念，送儿子到毛尔布龙学习。于是，在这四十个身着小黑袍的男生中间，可以见到各种不同的衣料和剪裁风格。更明显的是他们在言谈举止和姿态上的差异。有身材瘦削、四肢僵硬的黑森林地区的孩子；有体格健壮、皮肤红润的阿尔布山区子弟——看他们稻草色的金发和宽阔的大嘴；有举止活泼、性格开朗随和的下士瓦本地区的少年；还有穿着尖头靴的斯图加特精英子弟，操着一口被改造过的方言，或者更准确地说是精雕细琢的方言。这些青春的花朵中，大约五分之一都戴着眼镜。其中有一个几乎可以称得上优雅的瘦弱娇气的少年，来自斯图加特，戴着一顶挺括考究的毡帽，举止贵气，却丝毫没有察觉，那不寻常的帽饰已经让一些胆大妄为的同学按捺不住，盘算着日后如何捉弄和欺负他。

一个眼光敏锐的观察者或许会看出,这群胆怯拘谨的半大小子已经可以说是本省少年中的佼佼者了。虽然有些平庸面孔让人一眼就能联想到"纽伦堡漏斗"式的填鸭教育,但其中也不乏气质优雅或坚定倔强的少年。他们光洁的额头下,也许还半梦半醒地蕴藏着更灿烂的生命火花。或许其中还有那么一两个机敏又固执的典型"士瓦本人",他们历来能够在历史进程中占据一席之地,并将自己总显得有些乏味执拗的思想打造成新的、强大体系的核心。因为士瓦本地区不仅为自身和全世界培养了最受人尊敬的神学家,同时还以其哲学上的传统思辨能力而自豪。正是这种能力,多次诞生了重要的先知,或者异端领袖。因此,这片肥沃的土地,尽管在政治上辉煌的传统早已成为过去,现在只能像一只温顺的小鸡依附在北方雄鹰的尖喙旁,但在神学与哲学领域,它依然对世界施加着明确而稳定的影响。此外,民间自古以来还保留着一种对优美形式和梦幻诗意的热爱,这种热爱时不时还会孕育出一些不乏才情的诗人和热爱押韵的段子手。近年来,这方面人才的影响力已经式微,毕竟在诗歌领域,我们北方的小伙伴们已经独占鳌头。他们认为南方的语言不够雅致，巧舌如簧地定下了调子，无论是诉诸乡土气息还是柏林的大都会气质，其言辞锋芒的犀利程度确实远胜我们南方的老调重弹。尽管如此，这个领域与别处并无不同，我们无法奋身对抗这一趋势，更不必为了挫败这些骄傲的柏林人而嘲笑他们仍然略显稚嫩的锈迹斑斑的工业审美。当然，我们也乐意各自保留自己的特质：我们士瓦本人有自己的老施陶芬山，辉煌的远古遗迹在那片静谧的森林之上静静地沉睡、入梦；而他们则有自己的霍亨索伦城堡，那里平坦整洁的车道沿着擦得锃亮的炮台蜿蜒而过。毕竟，两边都各得其所。

在毛尔布龙神学院附中的规章制度和习俗中，表面上看来并没有什么士瓦本的特色。相反，这里除了沿袭自修道院时期的拉丁名称外，最近还贴上了不少古典主义的标签。学生们被分配到的宿舍分别叫作"罗马广场""古希腊""雅典""斯巴达""卫城"，而那最小且最不起眼的宿舍被称为"日耳曼尼亚"。这似乎暗示着，人们有意将眼下的日耳曼现实改造成一个罗马-希腊式的梦境。然而，连这也只是表面现象，实际上，用希伯来文给这些宿舍取名可能更合适。所以，也无怪乎会出现这样有趣的巧合了：名为"雅典"的宿舍里住的并不是什么心胸宽广、能言善辩之士,而是一群老实本分的无聊之徒;而"斯巴达"则没有战士与苦行者,而是一帮无忧无虑、开朗随性的寄宿生。至于汉斯·吉本拉特,则和其他九位同学一起,被分配到了"古希腊"宿舍。

当汉斯第一次和其他九位同学一起走进这间寒冷空旷的寝室,躺在狭窄的学生床上时,他的心里感到一种异样的情绪。天花板上挂着一盏大大的煤油灯,大家就在它散射的红光下更衣休息,而油灯则在晚上十点一刻由勤务长熄灭。现在,学生们一个挨着一个躺在床上。每两张床之间放着一把小椅子,椅子上整齐地叠放着衣物。一根绳子从房间内的柱子上垂下来,用来敲响晨钟。有两三个学生之前就认识,他们低声交谈着,但很快便停了下来;其余的孩子彼此不认识,每个人都感到有点压抑,一言不发地躺在床上。已入睡的同学发出深沉的呼吸声,有的在睡梦中挥动手臂,亚麻床单随之沙沙作响;那些还没睡着的,就克制自己,保持安静。汉斯很久未能入睡,他竖起耳朵倾听邻床的呼吸声,过了一会儿,他听到了从隔壁床传来一种奇怪的令人不安的声音;原来是一个同学在床上哭泣,用被子捂着头,而这犹如从遥远的地方传来的抽泣声令汉斯感慨万千。他自己倒是没有什么乡愁，但他有点想念自己在家中曾经拥有的那间独立的安静小屋；再者，还有陌生的新环境、如此多同学所带来的一种隐隐的恐惧。夜还未半，整个寝室的孩子就都进入了梦乡。那些年轻的睡颜一个挨着一个，小脸紧贴在条纹枕头上，无论是悲伤的、倔强的、快活的，还是胆怯的，都被同样甜美而深沉的休憩与遗忘所征服。在古老的尖顶屋檐、塔楼、凸窗、飞扶壁顶部、城墙垛口和尖拱廊道之上，一弯苍白的半月缓缓升起；它的光辉洒在檐线和门槛上，穿过哥特式的窗户和罗马式的门洞，在回廊井泉那精致典雅的水池里微微颤动，在水面映出一片淡金色的光斑。月光透过"古希腊"的三扇窗户，在寝室里映出了几道浅黄色的光带，这伴随着曾经的修道士们入眠的月光，如今也陪伴着沉睡的学子们。

第二天，正式的入学仪式在小礼拜堂举行。教师们身着长礼服肃然而立，教务长发表了一番讲话，学生们满怀心思，低头坐在椅子上，时不时地往后望，偷偷瞄着坐在后排的父母。母亲们注视着自己的孩子，若有所思地微笑；父亲们则挺直身板，认真聆听发言，神情严肃而果敢。自豪而崇高的情感和美好的期待充满了他们的胸膛，完全没有人想到，自己今天其实是为了金钱的便利，将孩子交给了国家。最后，每个学生依次被点名，站到队伍前，由校长与他们握手，代表正式接纳他们入学。从这一刻起，只要他们表现得当，便可享受终身由国家供养和安置的保障。而他们是否需要为此付出某种代价，无论学生还是父亲，都没有去深思。

与父母最后告别的时刻比想象中更加严肃动人。家长们有的步行，有的坐邮车，还有些临时找车，就这样，家长们渐次消失在被独自留下的孩子们的视线中。一方方手帕在九月温和的空气中飘扬了许久，最终，树林将这些离去的人掩映起来，而孩子们则安静而各怀心事地回到了修道院。

"行了，家长们都走了。"勤务长说道。

接着，大家开始互相打量并彼此认识，起初是在各自的宿舍内。有人往墨水瓶里加墨水，有人往灯里添油，有人整理书籍和笔记本，努力让自己适应新的环境。与此同时，大家好奇地观察对方，开始聊天，彼此询问各自的家乡和原来的学校，还回忆起共同经历的那个天气炎热到令人暴汗的州试。课桌边自动聚起几个谈笑风生的小圈子，到处都能听到清脆的笑声。而到了晚上，这些舍友之间已经比海上航行结束时船上的乘客们更加熟悉彼此了。

在与汉斯一起住在"古希腊"的九个同学中，有四位个性鲜明的人物，其他的则或多或少属于平均以上的水平。首先是奥托·哈特纳，一位来自斯图加特的教授之子，天资聪颖，冷静自若，充满自信，举止无可挑剔。他身材魁梧，仪态端庄，衣着得体，以稳重踏实的作风赢得了宿舍里其他人的钦佩。

接着是卡尔·哈梅尔，他是阿尔布山区一个小村庄的村长的儿子。想要真正了解他，需要一些时间，因为他充满了矛盾，总是看起来一副冷漠的样子。然而，一旦剥离这冷酷的外表，他就变得激情四溢、放荡不羁，甚至有些暴躁。但这种状态从不持久，很快他就会再次缩回自己的壳里，让人捉摸不透：他究竟是一个安静的观察者，还是仅仅是一个逆来顺受的懦弱之人？

一个引人注目但不太复杂的人物是赫尔曼·海尔纳，他是黑森林地区一个殷实家庭的孩子。人们在第一天就知道了，他是个诗人和文艺少年，并且有传言称他在州试中是用古典韵律六步格写的作文。他说话滔滔不绝，语调热烈，拥有一把优美的小提琴。他的性格表面看上去简单明了，主要表现出一种夹杂着青涩的感伤和天真率性的少年气质。然而，在这表象之下，他也暗藏着更深邃的内心世界。他的身体和灵魂都显得早熟，超越了他的年龄，并且已经开始尝试走自己的道路。

"古希腊"宿舍里最奇特的成员要数埃米尔·卢修斯。他是一个性格隐秘的小个子，有一头接近苍白的金发，他顽强、勤奋，像个年迈干瘪的老农夫。尽管他的身材和五官尚显稚嫩，但他给人的印象却完全不像一个男孩，而是透着一种成熟的气质，仿佛早已定型，毫无改变的可能性。就在第一天，当其他人百无聊赖、闲聊或试图适应新环境时，他却静静地坐着，沉着自若地研究一本语法书，用拇指塞住耳朵，埋头学习，仿佛要拼命追回失去的岁月一般。

这个沉默的怪人，他的把戏渐渐被人看透，大家发现他竟然是个如此狡猾的吝啬鬼和自私自利的人，以至于他在这些恶习上的"完美"反而为他赢得了一种奇特的尊重，或者至少是一种容忍。他制定了一套精明至极的节省和获利体系，这套体系引发了不少惊叹，其中许多细节随着时间的推移才逐渐被人发现。

这一体系从清晨起床时便开始运作了：卢修斯总是第一个或最后一个进入洗漱间，这样他就可以使用别人的毛巾，甚至尽量借用别人的肥皂，以节约自己的物品。所以，他总是能让自己的毛巾保持整整两周以上才换一次的频率。然而，根据规定，毛巾每八天就得换一次，而每周一上午，勤务长会进行检查。因此，每周一清晨，卢修斯也会在自己编号的钉子上挂上一条新毛巾。但到了午休时间，他就会把它取下，仔细地叠好放回箱子里，再把那条已经节省下来的旧毛巾挂回去。他的肥皂又硬又耐用，因此可以用上好几个月。尽管如此，埃米尔·卢修斯的外表却并不显得邋遢，相反，他总是干净整洁，勤于梳理自己稀薄的金发，一丝不苟地分出发缝，并精心保养着自己的衣物和洗漱用品。

埃米尔·卢修斯的体系不仅局限于物质财产和具体物品的节约，还扩展到了精神领域，他在这方面也尽可能为自己谋取利益。他非常精明，深谙精神财富的价值永远是相对的，因此，他只在那些能在未来考试中取得成果的学科上投入真正的精力，而对其他学科则满足于保持一个中等的成绩即可。他衡量自己学习和努力的标准始终是同学们的表现，他宁愿以半吊子的知识得第一,也不愿以扎实的学识屈居第二。因此,每当晚上同学们沉浸于各种娱乐、游戏或阅读时,他总是安静地伏案苦读。别人的喧闹丝毫不会干扰到他,他甚至偶尔会带着一种不带嫉妒的满足的目光看他们一眼。毕竟,如果所有人都努力学习,他的勤奋就不再"划算"了。

所有这些精明的手段和小伎俩都没有引起人们对这个勤奋学霸的不满。然而,正如所有过度追求利益的人一样,他很快也做出了一个愚蠢的决定。由于修道院的所有课程都是免费的,他突然萌生了一个想法:不妨利用这个机会学拉小提琴。然而,这并不是因为他有任何基础或是音乐天赋,或者对音乐有丝毫的兴趣!他的想法是:既然小提琴和拉丁文或算术一样可以学,为什么不试试呢?他听人说过,音乐在将来的人生中很有用,能让人变得受欢迎、令人愉悦。而且,这件事反正分文不花,因为神学院甚至会提供学校的小提琴供学生使用。

音乐老师哈斯在卢修斯找到他并要求学习小提琴时,简直是吓得毛发直竖。因为他清楚地记得在唱歌课上,卢修斯的表现虽然总能让全班同学乐不可支,却常常让他这个老师抓狂到绝望。他试图劝卢修斯放弃这个念头，但这显然是对牛弹琴。卢修斯带着一种礼貌而谦逊的微笑，坚持自己有这个正当权利，并声称自己对音乐的热爱是不可战胜的。于是，他得到了练习用的小提琴中最破的一把，每周上两次课，每天练习半小时。然而，第一次练习结束后，他的室友们便一致声明，这绝对是头一回也是最后一回，并明确表示禁止他再发出这种比鬼哭还难听的声音。从那以后，卢修斯拎着他的琴在修道院内四处游荡，寻找安静的角落练习。然而，无论他躲到哪里，总会传来奇怪的刮擦声、刺耳的尖叫声和哀鸣般的声响，让周围的人无不心惊胆战。诗人海尔纳调侃道，这听起来就像是受尽折磨的老琴在用它满身的蛀孔绝望地哀求饶恕。由于始终没有取得任何进步，饱受折磨的老师变得越来越烦躁，态度也越发粗暴；而卢修斯则越练越绝望。他那一贯自满的市侩面孔上，渐渐刻上了苦涩的愁纹。这简直是一场纯粹的悲剧。当老师最终断定他完全没有天赋，并拒绝继续授课时，这位执迷不悟的学习狂热分子转而选择了钢琴。然而，他也因此又经历了漫长而徒劳的几个月的折磨，直到彻底筋疲力尽，最终默默选择了放弃。然而，许多年后，每当谈到音乐时，他却总会暗示自己过去曾学过钢琴和小提琴，只是因为种种原因，才渐渐与这些高雅艺术疏远了。

于是，"古希腊"宿舍里经常因为这些滑稽的人物而热闹非常，连文艺少年海尔纳也时不时上演一些让人捧腹的场面。而卡尔·哈梅尔则扮演着冷嘲热讽的观察员角色。他比其他人年长一岁，这使他显得有一定的优越感，但却没能赢得什么值得尊重的地位。他性格多变，大约每隔一周就会认为有必要通过打架来测试自己的体力。在这样的场合，他表现得凶狠，甚至近乎残忍。

汉斯·吉本拉特对此感到惊讶，他默默地走着自己的路，做一个低调的好同学。他很勤奋，几乎像卢修斯一样努力学习，并因此得到了室友们的尊重，唯独海尔纳是个例外。海尔纳崇尚学神式的漫不经心，有时会嘲笑汉斯是个只知道死读书的书呆子。总体来说，这些处于快速发育阶段的少年在集体生活中相处得还算融洽，尽管晚上在宿舍走廊上发生的打架斗殴并不少见。大家虽然努力让自己显得成熟，通过学业上的严谨和得体的举止，来努力配得上还没能听惯的老师口中对他们的尊称，但回望刚刚离开的基础教育阶段的拉丁文学校时，他们总是带着一丝傲慢和怜悯，就像一名即将成为大学生的中学生看待高中一样。然而，这种刻意维持的庄重不时会被纯粹的少年气打破，而这种少年气促使他们总要争得自己的地盘。于是，宿舍走廊上便回荡起咻咻的挥拳声和粗鄙的少年骂战。

对于这样一所寄宿学校的负责人或教师来说，观察这群孩子在共同生活的最初几周内发生的变化，无疑是一件既有趣又发人深省的事。这些变化就像一场正在稳定下来的化学混合反应，其中游移不定的云状物和絮状物逐渐聚拢、溶解、重新组合，直至最终形成一些稳定的结构。在克服最初的羞怯，彼此之间有了足够的了解之后，就开始了群潮汹涌与混乱中的相互探寻：小团体逐渐形成，友谊与嫌隙也随之显现。很少有同乡或以前的校友重新聚到一起，大家纷纷去结交新的友人。城里的孩子接近农家子弟，阿尔布山区的学生与下士瓦本地区的同学结交，这似乎是出于一种内心隐秘的对多样性与互补性的本能追求。这些年轻的生命犹豫不决地试探着彼此，在对平等的认知之外，也萌发了对自我区隔的渴望。在其中的一些少年身上，这种试探第一次唤醒了从童年的沉睡中逐渐苏醒的个性雏形。一幕幕无法形容的小小情感戏码上演了——或是亲近与嫉妒,或是结成友谊的联盟,抑或是明目张胆的、倔强的敌意。这些发展有的以亲密无间的关系和友好的散步告终,有的则以激烈的摔跤与拳斗收场。

汉斯表面上与这些纷纷扰扰毫不相干。卡尔·哈梅尔曾直接而热烈地向他示好,但他却惊慌失措地退缩了。很快,哈梅尔便与"斯巴达"宿舍的一名室友成了朋友,而汉斯则依旧形单影只。一种强烈的情感让他将友谊的世界视作远方地平线上一片令人神往的乐土,并默默地渴望靠近。但一股羞怯却始终将他拉住,让他不敢迈出一步。在他那严肃的、没有母亲陪伴的童年岁月中,顺从与亲近他人的能力早已萎缩,对一切外在显露的热情更是心怀恐惧。此外,还有男孩特有的自尊心,以及那令人烦恼的好胜心在作祟。他并不像卢修斯那样唯利是图,对他而言,求知才是真正的目标,但同样的,他也刻意远离一切可能让他分心的事物。因此,他依旧勤奋地伏在书桌前,却在看到其他人沉浸于友谊的喜悦时,暗自忍受着嫉妒与渴望。卡尔·哈梅尔显然不是合适的人选,但如果有其他人来,试图坚定地将他拉近身边,他会非常乐意跟随。就像一个害羞的姑娘一样,他只是坐在那里,等待着某个更强大、更有勇气的人出现，将他一把拉入自己的世界，带他一起走向快乐，并强迫他接受幸福。

除了这些要忙的七七八八，课业也十分繁重，主要是希伯来语，因此，少年们在一起的第一个阶段就这样飞快地过去了。环绕毛尔布龙的众多小湖和池塘映照着深秋苍白的天空，逐渐枯萎的白蜡树、桦树和橡树，以及漫长的黄昏。美丽的森林中回荡着初冬的肃杀之气，时而低声叹息，时而欢欣鼓舞，而轻霜也已多次悄然降临。

富有诗人气质的赫尔曼·海尔纳曾试图寻找一个志同道合的朋友，但未能如愿。于是，他每天在放学后独自徘徊于森林，尤其喜欢去那片森林湖——一个充满忧郁气氛的棕色池塘，四周被湿地芦苇环绕，古老的枯叶树冠悬垂其上。这个忧伤而美丽的森林角落深深吸引着这个幻想家。在这里，他可以沉浸在梦中，用柳条鞭子在宁静的水面上画圈，阅读莱瑙的《芦苇之歌》，或者躺在低矮的莎草丛中，沉思着死亡与衰逝这样的秋日主题，耳边传来落叶的声音和光秃树冠的沙沙声，给这沉思增添了几分忧郁的旋律。然后，他常常会从口袋里拿出一本小小的黑色笔记本，拿起铅笔写下几行诗句。

在十月末的一个多云的午后,他依旧保持着自己的习惯。那一天,汉斯·吉本拉特独自散步,走到了同一个地方。他看到那位年轻的诗人坐在小水闸的木栈道上,笔记本放在膝盖上,沉思着,嘴里咬着削尖的铅笔,身边摊着一本书。他慢慢地走了过去。

"你好,海尔纳。你在干吗?"

"在读荷马。你呢,吉本拉特?"

"我不信。我知道你在干什么。"

"真的?"

"当然。你是在写诗吧。"

"你真这么觉得?"

"当然。"

"那你坐吧!"

吉本拉特在栈道上坐下,坐在海尔纳旁边,他的双腿悬空地垂在水面上方。他看着一片片枯黄的树叶缓缓飘落,在冷清的空气中无声地落到混浊的水面上。

"这里真是太让人郁闷了。"汉斯说道。

"是啊,是啊。"

两人在栈道上并排躺倒在地,望向天空,身边的秋景从视野中消失,只有一些低垂的树梢和静静飘浮着云朵的明亮蓝天映入眼帘。

"这云多美啊!"汉斯愉悦地看着云朵说。

"是啊,吉本拉特,"海尔纳叹了口气,"要是我们能变成一朵云该多好!"

"然后呢?"

"那我们就能在天际滑翔,飞越森林、村庄、行政区,去到别的国度,像美丽的大船一样。你见过船吗?"

"没有,海尔纳。你呢?"

"我见过。但是你这个家伙,跟你说也说不明白。你不是只会兢兢业业地死记硬背吗?"

"所以你觉得我是只骆驼?"

"这可不是我说的。"

"我还没傻到你想的那样。不过继续说船的事吧。"

海尔纳翻了个身,差点没摔进水里。他现在趴在地上,双手撑着下巴,用胳膊肘撑着地。

"我在莱茵河上见过这样的船,"他接着说,"那是放暑假的时候,一个星期天。船上放着音乐,夜深了,还有五光十色的灯笼。灯光倒映在水面上,我们随着音乐的伴奏沿河顺流而下。大家喝着莱茵河那片产的白葡萄酒,女孩们都穿着白色的裙子。"

汉斯静静地听着，没有回应，但他闭上了眼睛，仿佛看到了那只船在夏日的夜晚，在面前驶过，伴随着音乐和红色的灯光，女孩们穿着白裙。海尔纳继续说道："是啊，那时候和现在可真不一样。还能上哪知道这些事呢？这儿全是无趣的、唯唯诺诺的俗人！所有人都忙前忙后，庸庸碌碌，关心的事情无非是些希伯来字母。你也没好到哪儿去。"

汉斯沉默着。海尔纳确实是个奇人，一个梦想家，一位诗人。他常常觉得这位同学很是特别。所有人都知道，海尔纳不怎么学习，却很博学，能解答很多问题，但又常常对这些知识表示蔑视。

"我们读荷马的方式，"他继续讽刺道，"就好像《奥德赛》是一本菜谱。每小时才读两句，然后字斟句酌地分析，直到让人恶心想吐。但每堂课结束的时候，他们都会说：你看，诗人在这里做了一个多么巧妙的转折，你们已经窥见了诗歌创作的奥秘！但这不过是为了给那些语法内容、那些小品词和过去时加点佐料，好让人不会直接被这些作品噎住。用这种方式阅读，荷马的作品对我来说就毫无价值。其实，我们为什么要在乎那些古希腊的东西呢？如果我们当中有人想要尝试古希腊式的生活方式，一定会被轰出门去。然后我们的宿舍居然还挂着'古希腊'的牌子！这也太好笑了！为什么不干脆叫'垃圾桶'或'奴隶笼'或者'恐惧管'呢？那些崇尚古典的姿态根本就是骗人的。"

他朝空中吐了口唾沫。

"喂，你之前写过诗吗？"汉斯开口问道。

"写过。"

"关于什么的？"

"关于这里，关于湖和秋天。"

"给我看看！"

"不要啦，还没写完。"

"那要是写完了呢？"

"行吧，我无所谓。"

两人站起身，慢慢地往修道院走去。

"你看那边，看到有多美吗？"当他们经过"天堂门"时海尔纳说，"看看这大厅、拱窗、十字走廊、餐厅，哥特式和罗马式，所有的一切都富丽堂皇、工艺精湛，全是艺术品。费这么大力气打造这么美的地方是为了什么呢？就为了三十几个想当牧师的穷小子？政府可真有钱。"

汉斯整整一个下午都在想着海尔纳。他到底是一个怎样的人啊？汉斯所经历的所有烦恼和愿望，在海尔纳看来似乎根本不存在。他有自己的思维和言辞，活得更为热烈和自由，承受着一些奇异的痛苦，周围的一切他似乎都看不上。他理解那些古老廊柱和墙壁的美。而且，他还掌握着一种神秘、独特的艺术，能将自己的灵魂映射在诗句中，并凭空从想象中为自己构建出一段似是而非的生活。他充满活力，难以驯服，每天说出的笑话比汉斯一整年说的还多。他忧郁成性，并且似乎是在把自己的忧伤当作一种异乎寻常的珍馐来享受。

就在这天晚上，海尔纳向整个宿舍展示了他那斑驳多变又引人注目的个性。一个叫奥托·温格尔的爱吹牛的家伙挑起了争端。起初，海尔纳还能保持冷静，机智地占据上风，但很快他便忍不住动手，甩了对方一耳光。两人随即陷入了激烈的肉搏，纠缠不休，紧咬住对方不放，碰撞、翻滚、抽搐，像失控的船只一样横穿"古希腊"宿舍，撞向墙壁，翻过椅子，跌到地板上。两人一言不发，气喘吁吁，热血沸腾，嘴边泛出白沫。其他同学站在一旁，神色复杂地围观着，一边躲避着扭打成一团的两人，一边保护着自己的腿、书桌和灯，幸灾乐祸地等待着战斗的结果。几分钟后，海尔纳艰难地站起身来，挣脱开对方，站在那里喘着粗气。他看起来遍体鳞伤、双眼通红，衬衫领口被撕裂，裤子膝盖处还破了个洞。他的对手还想再次扑上去，他却双臂交叉抱在胸前，傲慢地说："我不干了——你要是想打，就来吧。"奥托·温格尔于是骂骂咧咧地走开了。海尔纳倚在书桌旁，挨着落地灯，双手插进裤袋，一副若有所思的样子。突然之间，泪水从他双眼中奔涌而出，开始是一滴、两滴，后来简直像决了堤一样，泪流满面。这可是件闻所未闻的怪事，因为对于神学院附中的学生而言，没有比哭鼻子更丢人的事情了，更何况是明目张胆地哭。海尔纳没有离开宿舍，只是面朝台灯，安静地站着，脸色无比苍白；他也不擦眼泪，甚至都没有把手从裤袋里拿出来。其他人围在他身边，带着好奇和恶意的目光看戏，直到哈特纳走到他面前立定并说道："喂，海尔纳，你不会害臊的吗？"

正在哭泣的少年慢慢地开始环顾四周，就像刚刚从深沉的睡眠中清醒过来一样。

然后，他用一种轻蔑的口吻高声说道："我，在你们面前害臊？别傻了，老弟。"

他抹了下脸，反而笑了，吹熄了油灯，随即走了出去。

汉斯·吉本拉特在整场闹剧中一直待在原地，只是充满惊讶与不安地朝海尔纳偷偷张望。过了大约一刻钟，他鼓起勇气去寻找那个已经消失的身影。他在黑魆魆、冷飕飕的宿舍走廊里看到，海尔纳正坐在一个宽大的飘窗上，一动不动地俯视着修道院的回廊。从背后望去，他那瘦削的肩膀和狭长而轮廓清晰的头颅显得异常严肃，完全没有孩子气。当汉斯走到他身旁，在窗边站定时，他没有动弹。过了一会儿，他才开口，没有转过脸，只是用沙哑的声音问道："什么事？"

"是我。"汉斯怯生生地说。

"你找我干吗？"

"没事。"

"没事？那你走吧。"

汉斯感到有点受伤，转身想走。这时，海尔纳拉住了他。

"别走，"他故作轻松地说，"我不是那个意思。"

两人此刻互相注视着对方的面容，或许每个人都是第一次如此认真地看着对方的脸，并试图设想，在那光洁的少年面孔下，是否隐藏着一个有独特个性的人和一个独放异彩的灵魂。

赫尔曼·海尔纳慢慢伸出一只手臂，掰过汉斯的肩膀，将他拉到身前，直到他们的脸越来越近，几乎贴在一起。然后，汉斯突然感觉到海尔纳的双唇贴在了自己的嘴唇上，这种奇异的触感令他心中战栗不已。

他的心在一种完全陌生的压抑感中跳得异常剧烈。在昏暗的宿舍走廊里单独相处，还有这突如其来的吻，都带有一种冒险的、新奇的，甚至可能带来危险的意味。他突然想到，如果有人撞见这一幕会有多么可怕，而一种无法动摇的直觉告诉他，这个吻在旁人眼中恐怕会比之前的哭泣更加可笑，更加羞耻。他无法开口说话，脸上却涌起一阵炽热的潮红。他几乎想要立刻转身逃跑。

如果一个成年人目睹了这短短的一幕，也许会默默地为之莞尔。那是一次笨拙又羞涩的情感流露，是一份带着羞怯的友谊宣言。而那两个严肃而瘦削的少年脸庞，既保留着孩童的稚气，又隐隐透出青春期特有的倔强与美好，俊秀非凡而未来可期。

逐渐地，这群年轻人已经成功融入了集体生活。大家已经相熟，每个人对其他人都有了一定的认知和印象，也建立了不少密友关系。有的结对学习希伯来语单词，有的则一起画画、散步或阅读席勒。有些擅长拉丁文但数学不好的学生,与那些拉丁文较弱、数学却出色的同学合作,以享受协作学习的成果。当然,也有一种友情建立在另一种契约与利益共享的基础上。比如,那位备受嫉妒的火腿主人找到了他的理想伙伴——一位来自施塔姆哈姆的园丁之子,他的箱底堆满了美味的苹果。有一次,当吃火腿吃到口渴时,他向对方要了一颗苹果,并提出用火腿来交换。他们坐下来,经过一番谨慎的沟通,发现火腿即使吃完了也会很快得到补充,而那位苹果拥有者也能在来年春天之前继续从他父亲的果仓中任意取用苹果。于是,他们建立了一种牢固的伙伴关系,这种关系甚至超过了许多理想化且充满激情的友谊,维持了很长时间。

只有极少数人还是独行侠,包括卢修斯。他那贪得无厌的艺术热情彼时正值全盛时期。

也有一些密友关系看上去并不对等。被认为最不般配的当数赫尔曼·海尔纳和汉斯·吉本拉特——一个随性散漫,一个一丝不苟;一个是诗人,一个是学霸。两人都被公认为聪明且有才华,但海尔纳享有一种半讽刺意味的"学神"名声,而吉本拉特则被视为模范生的典型。尽管如此,他们的友情倒也无人干涉,因为每个人都忙着跟自己的伙伴结交,根本无暇他顾。

在这些个人兴趣与经历之外，学生的主业并未被置之不顾。实际上，这才是宏大的主旋律，而卢修斯的音乐、海尔纳的诗作，以及各种结伴、争执乃至偶尔的打架，只不过是些无关紧要的变奏和小打小闹的消遣罢了。尤其是希伯来语的学习，耗费了他们大量的时间。这门奇异、古老的语言，这耶和华之道，就像一棵顽强而又神秘的树，古朴而干枯，却仍透着生机。在少年们的眼中，这棵树十分怪异难解，它枝干盘曲、虬节横生、色彩斑斓、花朵芬芳，引人注目而又令人惊叹。在它的枝丫、树洞和根须间，栖息着善恶不一的千年古灵：有些是恐怖诡异如梦魇的龙，有些记录了纯真可爱的童话；有满面风霜的老者，也有风神俊秀的少年；有眼神温柔的少女，也有争强好胜的妇人。那些在富有亲和力的路德版《圣经》中听起来遥远而梦幻的篇章，那些被《旧约》的迷雾如轻纱薄帐般温柔笼罩着的故事，如今在这粗犷、原汁原味的语言中重新长出了血肉、发出了声音，带着一种因陈旧而变得笨重、十分顽强的生命力。至少在海尔纳看来是这样。他无时无刻不在诅咒《摩西五经》，却从中汲取了更多的生命与灵魂，远超那些只知道用功的书呆子，虽然后者早已背熟所有的单词，能够完美无缺地朗诵,却未必解其深意。

此外还有《新约》,其风格更加柔和、明亮、内省。它的语言虽然不如希伯来语那样古老、深刻和丰富,但更为细腻、轻盈,并充满了年轻、热切且富有幻想的精神。

而《奥德赛》那铿锵悦耳、强劲而匀称如水般流淌的诗句中,仿佛一只白皙圆润的水妖手臂,带着对一段已然沉没的、清晰有形且幸福完美的生活的憧憬,轻轻浮现在水面。这憧憬有时以清晰鲜明的粗犷线条呈现出来,有时则仅仅在只言片语和几行诗句中隐约闪现,宛如一场美梦般令人心驰神往。

与此同时,历史学家色诺芬与李维却黯然退场,或是谦逊地站在一旁,显得黯淡无光,如同微弱的星辰。

汉斯惊讶地发现,他的好友看待一切事物的方式与自己截然不同。在海尔纳眼中,没有什么是抽象的,一切都可以被具体化,并用幻想的色彩描绘和渲染。若做不到,他便立即失去兴趣,将其弃之不理。数学对他而言,就像一头满怀着狡诈谜团的斯芬克司,总是用冰冷而恶毒的目光迷惑着它的牺牲品。他对这邪物总是敬而远之,绕道而行。

两人之间的友谊是一种奇特的关系。对赫尔曼·

海尔纳来说，这段友谊是一种享受或奢侈、一种方便，或者只是心血来潮的兴趣；而对汉斯而言，这却是他引以为傲的珍宝，有时也成了他难以承受的沉重负担。以往汉斯总是利用晚上的时间埋头学习，而现在几乎每天，赫尔曼在厌倦了死记硬背之后，就会跑到他那边，把书从他手中抽走，强行占用他的时间。尽管汉斯非常珍视这位朋友，但他几乎每天晚上都会因海尔纳的到来而感到不安。为了不耽误功课，他不得不在规定的学习时间里加倍努力。更让他难堪的是，海尔纳后来甚至开始从理论上来反对他的勤奋。

"这明明就是做苦力，"他说，"你这么勤奋努力，根本不是因为喜欢和自愿，只不过是因为害怕老师或者家长。哪怕让你拿到第一或者第二，又能怎么样呢？我排名二十，照样不比你们这些只知道闷头学习的书呆子笨。"

汉斯第一次看到海尔纳如何对待他的课本时，简直惊呆了。有一次，他把书落在了教室里，为了准备下一节地理课，就借用了海尔纳的地图册。他震惊地发现，海尔纳居然用铅笔在整页地图上乱涂乱画。伊比利亚半岛的西海岸被描画成了一个滑稽的人脸，鼻子从波尔图延伸到里斯本，菲尼斯特雷角被描绘成卷曲的发饰，而圣文森特角则成了精心设计的胡须尖。像这样的艺术品充满了整本地图册，每一页都不放过，而且，地图背后的空白页全画满了讽刺漫画和放肆的打油诗，甚至还有墨水污迹点缀其中。汉斯一向将自己的书视为圣物和珍宝。这些冒犯行为令他愤怒，仿佛是对圣殿的亵渎，但他又隐隐觉得，其中透出某种敢于触犯禁忌的英雄行为。

在外人看来，吉本拉特对于他的朋友来说似乎不过是一个温顺的玩物，一种类似于家猫的存在，而汉斯自己有时也会这么感觉。实际上，海尔纳根本离不开汉斯，因为他需要一个可以放心吐露心声的人，一个乐于倾听的、欣赏他的人。当他对学校和生活发表那些改革式的言论的时候，他需要一个有热情、有兴趣，又能安静聆听的倾诉对象；而在他陷入忧郁的情绪时，也需要一个能够安慰他的依靠，让他可以将头靠在对方的膝上。像所有类似性格的人一样，这位年轻的诗人会周期性地陷入一种无缘无故的、旁人看来略显做作的忧郁中。这种忧郁部分源于童年灵魂的悄然告别，部分源于旺盛却无处施展的精力、模糊的预感与欲望，还部分源于青春期所带来的那种阴暗而不可名状的冲动。在这样的时刻，他会病态地渴求别人的同情与呵护。他从前是个深受母亲宠爱的孩子，而如今，在他尚未成熟到可以理解男女之情的时候，那位温顺的朋友便成了他的慰藉。

晚上，他常常带着满腹愁绪跑来找汉斯，把他从功课中拉出来，催他跟自己去宿舍走廊里逛逛。在寒冷的大厅里，或高大、昏暗的礼拜堂中，他们并肩踱步，有时也会坐到随便哪个窗台上，冻得浑身发抖。之后，海尔纳就开始怨气十足地倾诉，遣词造句颇像那些热衷于抒情诗或者读海涅的少年，整个人笼罩在一种略显天真的忧伤中。汉斯虽然无法完全理解所有这一切的来由，但还是深受触动，甚至时常被这种情绪感染。每当天色沉郁，那位敏感的文艺少年就会变得尤其多愁善感。他的哀叹与呻吟往往在深秋的夜晚达到顶峰，那时，乌云密布遮住天空，只有透过朦胧的薄雾和缝隙，才能隐约看到一轮感伤的月亮孤独地穿行其间。每当这时，他就会沉浸在一种莪相式的凯尔特荒凉浪漫主义情绪中，化作一片迷蒙的忧伤，以叹息、话语和诗句为媒，将这份朦胧的感伤毫无保留地倾泻到无辜的汉斯身上。

天天被这些可悲可泣的痛苦所裹挟，汉斯感到压抑得喘不过气来，于是，在剩余的时间里，他以匆忙而狂热的劲头扑向学业，但学习却让他感到越发吃力了。旧疾复发，头痛这个老朋友的再次造访丝毫不令他惊讶；但是，他在越来越多的时间里无所作为、疲乏不堪，甚至需要不断地自我鞭策才能勉强完成基本的作业，这让他担心极了。虽然他隐约感到，与这个怪人的友谊正在耗尽他的精力，内心某个此前从未触及过的地方因此感染了病症，但每当看到朋友变得阴郁和多愁善感，他便愈发为朋友感到难过和同情。而且，意识到自己对这个朋友来说不可或缺，又让他感到自豪，并变得更为温柔和细心。

此外，他还隐隐感到，这种病态的多愁善感只是过剩而不健康的情感宣泄，实际上并不属于海尔纳的本性，而他对这个朋友始终怀着忠诚而真挚的敬佩。当海尔纳朗读自己的诗句，谈论他的诗歌理想，或者怀着激情与丰富的肢体语言表演席勒和莎士比亚的独白时，汉斯感觉到，海尔纳仿佛借助一种自己从未有过的魔力在空中行走，沉浸在一种神圣的自由和炽热的激情中，像荷马史诗中的天神使者一样，双脚长出飞翼，翱翔在云端，抛下汉斯以及与他相似的芸芸众生，翩然远去。在此之前，汉斯对诗人世界了解甚少而且不以为意，而此时，他第一次毫无抵抗地感受到了优美的语言、迷人的画面以及悦耳的韵律所带来的那种蛊惑人心的力量。对于这个刚刚向他敞开怀抱的新世界，以及他的这位天才挚友，他怀着同样的崇敬与仰慕。这两种情感在他心中渐渐交织，最终融为一体，难以分割。

渐渐地，狂风呼啸、暗无天日的十一月到来了。那些日子里，只有短短的几个小时不用点灯工作，而漫长的黑夜里，堆积成巨型山脉的乌云被风暴卷袭，翻滚着穿过深邃的夜空，时而低声哀号，时而尖声争吵，在古老而坚挺的修道院建筑周围肆虐。树木如今已经完全落叶，唯有这片多林地带的王者，那几株粗壮繁茂、虬节横生的橡树，其枯败的树冠仍然沙沙作响，发出比其他任何树木都更加高亢和愠怒的声音。海尔纳变得愈发忧郁了，如今的他不再总是守在汉斯身边，而是喜欢独自一人在偏僻的练习室里用小提琴发泄心绪，或是故意找同伴们的麻烦，挑起争端。

一天晚上，他去了那间练习室，发现勤奋的卢修斯正站在乐谱架前练琴。他恼火地转身离开，半小时后又回来，发现卢修斯还没练完。

"你差不多得了吧，"海尔纳语带怒气地说，"别人还等着练呢。再说了,你这像指甲刮门一样的噪声本来就是公害。"

卢修斯不肯让步,于是海尔纳更生气了,当卢修斯再次开始表演"指甲刮门"的时候,海尔纳一脚踹翻了他的乐谱架,谱子在练习室里四散飞舞,谱架也砸在了拉琴人的脸上。卢修斯弯下腰去捡乐谱。

"我要跟教务长先生告状。"他语气坚定地说道。

"去啊,"海尔纳愤怒地大叫,"赶紧去告诉他,我还像踹狗一样白给了你一脚呢。"他说着就抬起脚,准备说到做到。

卢修斯飞快地躲到一旁,迅速夺门而出。海尔纳紧追在他身后,两人展开了一场激烈而喧闹的追逐,从走廊到大厅,穿过楼梯和过道,直奔修道院最远的翼楼。静谧而威严的教务长住宅就坐落在此处。海尔纳终于在教务长书房门前追上了卢修斯,而此时卢修斯已经敲开了门,并站在打开的大门中间。就在这千钧一发之际,他还没来得及把身后的门带上,屁股上就挨了海尔纳承诺的那一脚,像个炮弹一样飞射进了这位权威人士的圣地。

这简直骇人听闻。次日早晨,教务长发表了一场精彩绝伦的长篇大论,痛斥青年人的堕落。卢修斯全神贯注，听得连连点头，而海尔纳则遭到重罚，将要被关禁闭。

"这么多年来，"教务长怒喝道，"本校从未给予过如此严厉的惩罚。我会确保您十年后依然对这件事记忆犹新。至于你们其他人，我要将这个海尔纳树立为反面教材，让你们引以为戒！"

全班的目光都小心翼翼地瞥向海尔纳——他面色苍白，神情倔强，对教务长的目光毫不避让。许多人在心底对他暗自钦佩。但这一天下课之后，大家喧嚣着拥向走廊时，他却孤零零地站在那里，如麻风病人一般，所有人唯恐避之不及。此时此刻，站队是需要勇气的。

连汉斯·吉本拉特也没有挺身而出。他明知道自己应该这样做，心里清楚这是一种责任，却因自己的怯懦而痛苦不堪。他不安地低着头，羞愧地躲在窗台旁，不敢抬眼看人。他心中迫切地想去找他的挚友，甚至愿意付出一切代价，只要能不被人察觉。然而，在修道院里，一个遭到重罚、被关禁闭的人就好像在很长一段时间内被打上了耻辱的烙印。所有人都知道，从今以后，他会遭到格外严密的监控，而与他接触的人也会陷入险境，落下坏名声。国家给予这些被资助的学生如此多的恩惠,必然也伴随着严苛的管教方式。这一点早在入学仪式上的长篇演讲中就有提到。汉斯对此心知肚明。在友情责任与个人抱负的较量中,他选择了后者。他理想中的人生是一路过关斩将,通过所有重要的考试,并最终成为一个人物,但绝不是以一种浪漫而危险的方式。他害怕卷入是非,于是蜷缩在自己的角落里瑟瑟发抖。本来明明还有机会迈出那勇敢的一步,但他却越拖越难,直到不知不觉中,背叛已成事实。海尔纳什么都知道。这位满怀激情的少年感到自己被孤立,也理解其中的原因。但是,他确实曾经相信汉斯不会是其中的一员。在此刻的痛苦与愤怒中,他回头看自己过去那些空无意义的伤春悲秋,自己也觉得它们是那样虚浮而可笑。他在吉本拉特旁边站了一会儿,面色苍白,神情傲然,低声说道:"真是个没用的窝囊废,吉本拉特——去你的吧!"说罢,他低声吹着口哨,双手插兜,头也不回地走了。

好在还有别的念头和事情够这些年轻人忙活一阵子。就在那件事发生后几天,忽然下起了雪,接着是晴冷的冬日天气,大家可以打雪仗、滑冰了。这时,所有人似乎才恍然意识到并开始谈论近在眼前的圣诞节和假期。海尔纳不再像以前那样引人注目了。他安静而倔强地走来走去，头抬得很高，脸上带着一种傲慢的神情，谁也不搭理。他经常在一个黑色蜡布封皮的笔记本里写诗，封皮上写着"修士之歌"。

橡树、赤杨、山毛榉和柳树上挂满了冰霜和冻雪，造型精致而奇幻。池塘透亮的冰面在寒冷中发出轻微的碎裂声。修道院的回廊庭院看起来像一座寂静的大理石花园。一股欢乐的节日般的气氛在宿舍间蔓延，连一向严谨端正的两位教授脸上也显现出几分温和与愉悦的神采。无论是老师还是学生，没有一个人能对圣诞节无动于衷。连海尔纳的神情也不再那么阴郁和痛苦了，而卢修斯则在盘算假期该带哪些书、穿哪双鞋回家。家人寄来的信里，满是令人心驰神往的内容：询问心愿、分享烘焙日的喜悦、暗示即将到来的惊喜，以及对团聚的期待。

在假期旅行之前，整个年级，尤其是"古希腊"宿舍，还经历了一件小小的趣事。大家决定邀请老师们参加一场晚间的圣诞庆祝活动，而活动地点则选在了所有宿舍里最大的一间——"古希腊"宿舍。节目安排包括一场节日致辞、两段朗诵、一段长笛独奏和一场小提琴二重奏。然而，大家一致认为，节目单里还必须加入一个搞笑环节。为此，大家开始讨论，提出各种建议，但又不断推翻，迟迟无法达成共识。这时，卡尔·哈梅尔随口说，最有趣的节目其实莫过于请埃米尔·卢修斯表演小提琴独奏了。这个提议一说出来，大家都觉得很合适。在众人的请求、承诺和威胁下，这位可怜的"音乐家"终于被迫答应上台表演。于是，老师们收到的节目单上赫然写着一项特别节目："《平安夜》，小提琴独奏，演奏者：有室内乐大师之称的埃米尔·卢修斯。"这个头衔当然是他通过在那间偏僻的练琴室里辛勤的努力而赢得的"殊荣"。

教务长、各位教授、辅导员、音乐老师和勤务长都应邀出席了这场晚会。当卢修斯身穿问哈特纳借来的熨得笔挺的燕尾服，顶着精心打理的发型，带着温柔而谦逊的微笑登场时，音乐老师不禁满头冷汗。单是他鞠躬的姿态本身就已经够引人发笑了。在他的"妙手"之下，原本的《平安夜》成了一首撕心裂肺的哀歌，一曲饱含痛苦呻吟的挽歌。他反复演奏了两次，把旋律撕扯到彻底支离破碎，用脚打着节拍，全身的动作仿佛和在严寒天气里砍柴一般卖力。

教务长愉快地朝已经气得脸色苍白的音乐老师点了点头。

当卢修斯第三次开始演奏《平安夜》，却还是拉不成调时,他放下小提琴,转向观众,带着歉意说道:"对不起,我拉不好,我也是去年秋天才刚开始学小提琴的。"

"很好,卢修斯,"教务长喊道,"辛苦了。继续努力吧!历经险阻,星辰可期!"

十二月二十四日凌晨三点起,所有的宿舍都充满了生机与喧闹。窗户上绽放着厚厚的冰花,洗漱用的水早已冻成了冰,修道院的院子里刮过刺骨的寒风,但这些都无人在意。在餐厅里,大桶的咖啡冒着热气。不久之后,学生们裹着大衣和围巾,一个个模糊的身影成群结队地踏上白雪覆盖、泛着微光的田野,穿过寂静的树林,朝着远处的火车站走去。一路上,他们谈天说地、兴高采烈、欢声笑语,每个人的心中又都充满了难言的愿望、喜悦和期待。他们知道,在整个符腾堡州各个地方的城市、乡镇和偏僻的农舍里,父母和兄弟姐妹们正在温暖而充满节日气息的屋子里等待着他们。对大多数孩子来说,这是他们第一次从远方回家过圣诞节,而他们也知道,家人正满怀着爱意和自豪感等待他们归来。

在被积雪覆盖的森林中央的小火车站,大家在刺骨的寒风中等待列车,竟从未像此刻这样和谐、融洽又充满欢声笑语。只有海尔纳形单影只地站在一旁，一言不发。列车到站，他等其他同学都上车后，才独自上了另一节车厢。在下一站换车时，汉斯又见到了他一次，但那一瞬间的羞愧与后悔很快就在回家的兴奋与喜悦中消散无踪。

回到家中，汉斯见到父亲面带一丝满足的笑容，而桌上已摆满了为他准备的丰厚礼物。不过，在吉本拉特家，并没有真正意义上的圣诞节。既没有歌声，也没有节日的欢欣，没有母亲的身影，更没有圣诞树。吉本拉特先生并不擅长庆祝节日，但他为儿子感到骄傲，这一次也毫不吝惜地准备了许多礼物。而汉斯对此早已习以为常，并不觉得有任何缺憾。

大家觉得汉斯看起来气色不好，太瘦、太苍白，便问他修道院的伙食是不是很差。他连连否认，保证自己过得很好，只是经常头痛。对此，城区牧师安慰他说，自己年轻时也经常这样。于是，一切都好像没事了。

河面结了一层光滑的冰，节日期间满是滑冰的人。汉斯几乎整天都在外面，身穿崭新的衣服，头戴绿色的神学院学生帽，仿佛早已脱离了他以前的同学们所处的世界，迈入了一个令人艳羡的更高境界。

第四章

根据经验，神学院的每届学生，总会在四年的修道院生活中失去一名或多名同学。有人因病去世，会在歌声中被安葬，或由好友护送遗体回故乡。有人会强行离开这里，或因为一些特别的过失被开除。而在很偶然的情况下，也有极个别困惑无助的少年会选择用一声枪响或一跃入水为自己的青春烦恼找到一个直接而黑暗的解脱。最后一种情况一般只会发生在高年级班级中。

而汉斯·吉本拉特所在的年级同样失去了几位同伴，这些人全都来自"古希腊"宿舍，也许这只是某种奇特的巧合罢了。

"古希腊"宿舍中有一个低调的金发男孩，名叫兴丁格，绰号"兴都"，是某个位于阿尔高偏远地区的裁缝师傅的儿子。他是个安静的孩子，直到去世之后，才有人开始谈论他，但这些谈论也没有持续多久。作为节俭的"室内乐大师"卢修斯的邻桌，他与卢修斯的交往稍微多一些，两人相处友好而谦和，除此之外，他几乎没有其他朋友。直到他缺席时,宿舍的成员才意识到,他们其实很喜欢这位无欲无求的好室友——他总能为喧闹的宿舍生活带来一丝平静与安宁。

在一月里的某一天,他跟着一群滑冰的同学来到了马塘。他自己没有冰鞋,只是来凑热闹。他很快就被冻得浑身发抖,于是开始在岸边跺脚取暖。后来,他干脆小跑了起来,不知不觉间越过了田野,来到了另一个小湖边。这片湖的水源较暖,水流也更为强劲,所以湖面上仅仅覆盖了一层薄冰。他穿过芦苇丛,跑到了湖边。虽然身形瘦小且身体轻盈,但他还是在靠近岸边的地方不幸踏破了冰面,掉下水去。他奋力挣扎,发出微弱的呼救声,但只坚持了片刻便消失在冰冷幽暗的湖水中,无人知晓。

直到下午两点第一节课开始时,人们才发现他缺席了。

"兴丁格在哪里?"助教问道。

没有人回答。

"去宿舍看看!"

但他也不在那里。

"他可能是迟到了,"助教说,"我们先不管他,继续上课。现在,我们的进度是第七十四页第七段。但是请注意，以后不要再发生这样的情况。上课必须准时。"

到了三点，兴丁格依然没有出现，这位教师开始感到不安，便派人去通知教务长。教务长随即亲自来到教室，进行了详细的询问后，派出十名学生，在勤务工和一名助教的陪同下分头寻找。留在教室的学生则被要求完成一篇书面作业。

四点左右，那名助教径直冲进教室，连门都忘了敲。他小声向教务长报告了情况。

"肃静！"教务长命令道。教室里的学生顿时安静下来，一动不动地坐在座位上，紧张地看着教务长。

"你们的同学兴丁格，"教务长低声继续说道，"好像是在一个水塘里溺水了。现在需要你们帮忙找到他。梅耶教授会带队，你们必须严格听从他的指挥，绝对不允许擅自行动。"

在震惊和议论声中，学生们跟着教授出发了。镇上来了几个带着绳索、木板和长竿的人，也加入了这个紧急行动。此刻寒风刺骨，太阳已经垂落在树林的边缘。

等到大家终于找到那具瘦小僵硬的尸体，将它抬到堆满积雪的莎草丛中的担架上时，天色已经完全昏暗。修道院的学生们像受惊的小鸟般站成一圈,惊恐地盯着尸体,揉搓着冻得发青的僵硬手指。直到那位溺亡的同伴被抬到他们面前,他们跟在担架后面,默默穿过雪原向前行进时,一阵彻骨的寒意才仿佛渗入灵魂,令他们第一次真切地感受到死神的阴冷威胁,就如同野鹿嗅到了天敌的气息一般。

在这个瑟瑟发抖、冻得可怜的小队中,汉斯·吉本拉特恰巧与昔日的朋友海尔纳并肩而行。就在两人同时因田野中的同一个坑洼绊了一下的瞬间,他们注意到了彼此的存在。或许是死亡的景象震撼了汉斯的内心,使他认识到,一切自私的念头皆属虚幻,总之,当汉斯意外看到近在咫尺的朋友那张苍白的脸时,他感到一种难以名状的深切痛楚,情不自禁地伸手去握住对方的手。然而,海尔纳却不悦地抽回了手,仿佛受到了冒犯一般,避开了他的目光,随即迅速换了位置,消失在队伍的最后几排。

这让一向循规蹈矩的模范学生汉斯感到心中一阵痛楚与羞愧。跟跄行进在这片结冰的田野上,他再也无法控制自己的情绪,泪水一滴接一滴地沿着冻得发青的脸颊滑落。他深刻地意识到,世上某些罪过与疏失,既无法遗忘,也不能因悔恨而挽回。在他的心中,被担架高高抬起的,似乎并不是那个裁缝的儿子,而是他的朋友海尔纳。仿佛对方正带着因他的背叛而生的痛苦与愤怒,走向另一个世界。在那个世界里,人的价值不再以成绩、考试或成功来衡量,而只取决于良心的洁净与污垢。

此时,队伍已经踏上了公路,不久便终于返回了修道院。以教务长为首,所有教师都在那里等候着迎接死去的兴丁格——倘若他还在,恐怕光是想象一下这样的场面都会恨不得落荒而逃。对于一名已故的学生,教师们的目光与对待活着的学生截然不同。仿佛直到此刻,他们才终于意识到每一条生命、每一段青春的珍贵与不可挽回,而平日里,他们却对此熟视无睹,毫无顾忌地对年轻的生命犯下轻慢与忽视的罪过。

当晚以及接下来的整整一天,兴丁格那不起眼的遗体仿佛被施了魔法一般,压抑和笼罩着修道院里的一切,令每个人的行为和语言都柔和了下来。在这短暂的时间里,争吵、愤怒、喧闹和笑声都如同潜入水底的水妖一般,暂时从人们的视线中消失,留下了一片波澜不惊、静谧如死寂的水面。当两个人在交谈中提起那个溺亡的学生时,都会用他的全名称呼他,而不再使用"兴都"这个曾经的绰号,因为这样称呼逝者显得不够庄重。这个平日默默无闻、无人注意的兴都，此刻却以他的名字和他的死亡填满了整个宏伟的修道院。

第二天，兴丁格的父亲赶来了。他在儿子灵柩所在的小房间里独自待了几个小时，然后应邀与教务长共进茶点，之后就留在牡鹿旅馆过夜。

接下来是葬礼。灵柩被安放在宿舍区，而这位来自阿尔高地区的裁缝就站在一旁观礼。他的模样看上去就像一个典型的裁缝：骨瘦如柴，身形瘦长，穿着一件微泛绿色光泽的黑色礼服外套和一条窄小的旧裤子，手里握着一顶过时的礼帽。他那窄小而消瘦的脸上写满了忧愁、悲伤和虚弱，如同一支在风中摇曳的廉价蜡烛。他一直局促不安地站在那里，对教务长和诸位教授满怀敬畏。

就在抬棺人将要抬起灵柩的最后一刻，这个悲伤的小个子再次上前，温柔地拂过棺盖，姿态笨拙而羞怯。随后，他窘迫地站在那里，拼命忍住泪水，像冬日里一株枯瘦的小树般伫立在那宽大而寂静的房间中央，显得如此孤独、绝望、无助，令人不忍直视。牧师牵起了他的手，陪在他身旁。这时，他戴上那顶造型奇特的高顶礼帽，跟在灵柩后面，带领着队伍沿着楼梯下行，穿过修道院庭院，穿过那座古老的大门，走向低矮的教堂墓地围墙外那片白茫茫的田野。在墓前，神学院的学生们唱起了一首圣咏。然而，令担任指挥的音乐老师颇感不快的是，大多数学生都没有注意他的指挥手势，而是将目光投向了那位在寒风中瑟缩的小裁缝。他站在雪地里，悲伤地低着头，聆听着牧师、教务长和学生代表的悼词，机械地点着头回应学生们的歌声，偶尔伸出左手摸向礼服后摆里藏着的手帕，却始终没有拿出来。

"我当时忍不住想象了一下，要是站在那里的是我自己的爸爸，会是怎样的光景。"奥托·哈特纳事后说道。所有人都附和道："对啊，我那时候也是在想这个。"

后来，院长带着兴丁格的父亲来到了"古希腊"宿舍。"在座的各位中，有谁与亡者特别亲近吗？"院长向宿舍内的学生们问道。一开始，没有人回应，兴丁格的父亲满脸惶恐而痛苦地看着这些年轻的面孔。随后，卢修斯走了出来。老兴丁格拉住他的手，握了一小会儿，却一句话也说不出来。最后，他只是谦卑地点了点头，又默默地退了回去。然后他便踏上了归乡的旅程，他要在明亮的冬日原野上跋涉整整一天，才能回到家中,向他的妻子讲述他们的兴丁格如今长眠于何处。

修道院里的生活很快便恢复了常态。老师们又开始训斥学生,门也再次被用力摔响,至于那个离去的"古希腊"宿舍的人,很快便少有人再想起了。一些学生在那个悲伤的水塘边站了太久,受了风寒,不是躺在医务室里养病,就是穿着毛毡拖鞋,脖子上裹得厚厚的,在走廊里晃悠。汉斯·吉本拉特的脖子和双脚倒是没有受伤,但自从那场事故发生后,他的神情变得更加严肃,仿佛一下子长大了许多。他的内心发生了一些微妙的变化,从小男孩变成了少年,而他的灵魂仿佛被投入了一个陌生的国度,在那里彷徨不安,四处飘荡,找不到落脚的地方。促成这一切的并非对死亡的恐惧,也不是对善良的兴丁格的哀悼,而是对海尔纳的那份深重的愧疚感在他内心深处骤然觉醒了。

海尔纳与另外两位同学一起躺在医务室,按医嘱喝着热茶,有大把时间整理自己对兴丁格之死的感受,为日后的诗歌创作积累素材。然而,他对此却毫无兴趣。他显得憔悴而虚弱,与其他病友几乎没有交谈。自从那次被关禁闭以来,被迫的孤立深深伤害了他那敏感且渴望交流的心,使他变得苦涩而易怒。老师们将他视为一个不满现状、思想叛逆的学生,严加管束;同学们则与他保持距离;甚至连勤务工也对他露出带着几分嘲弄意味的假好心模样。他将莎士比亚、席勒和莱瑙视为朋友,沉浸在一个与现实完全脱离的、宏伟壮丽的文学世界中,而这个世界与他周围压抑而屈辱的现实形成了鲜明对比。他原本只是表达孤寂与阴郁之情的《修士之歌》,逐渐演变成了一系列充满讽刺和恶意的诗句,矛头直指修道院、老师和同学。他在自己的孤独中找到了一种殉道者般的苦涩的快感,自以为被世人误解而暗自感到满足。那些毫不留情、充满轻蔑的诗句,让他觉得自己仿佛成了一个小小的讽刺文学家,如同古罗马讽刺文学的代表人物尤维纳利斯。

葬礼八天后,另外两位病友已经康复离开了,海尔纳却仍独自躺在病房里。这时,汉斯前来探望。他怯生生地打了个招呼,搬了一张椅子到床边,坐下后伸手握住了病人的手。然而,海尔纳却毫不领情,转身面向墙壁,显然完全不想理睬他。但汉斯并没有因此退缩,他紧紧握住那只手,迫使这位旧友正视自己。海尔纳皱起眉头,脸上带着不耐烦和恼怒的神情,勉强抿了抿嘴唇，依旧沉默不语。

"你到底想干吗？"

汉斯没有撒手。

"听着，"他说，"那时候，我是个懦夫，把你丢下不管。但你知道我是个怎样的人：我当时全部心思都放在名次上，一心想着在学校里争第一。你说过这是急功近利，这话可能没错，但那就是我追求的理想，我不知道还有什么比这更值得追求的事情了。"

海尔纳闭上了眼睛。汉斯放低声音，继续说道："你听我说，我真的很抱歉。我不知道你是不是还能接受我这个朋友，但无论如何，你必须原谅我。"

海尔纳沉默不语，依旧没有睁开眼睛。他内心的善意与喜悦都在渴望回应朋友，但他早已习惯了那副冷漠而孤傲的姿态，于是暂时仍将冷峻的面具紧紧戴在脸上。然而，汉斯并未退缩。

"你必须得原谅我，海尔纳！我宁愿当最后一名，也不想再这样像陌生人一样绕着你打转。如果你愿意，我们就重新做朋友，让其他人知道，我们根本不需要他们。"

这时，海尔纳终于有所回应。他回握住汉斯的手，并睁开了眼睛。

几天后,海尔纳终于离开了病床和病房,回到修道院,两人重新成为朋友的消息在整个修道院里引起了不小的轰动。然而,对汉斯和海尔纳而言,接下来的几周是一段奇妙的时光。虽然没有具体的事件发生,但他们之间却弥漫着一种奇异而愉悦的归属感,以及一种无言的、隐秘的默契。一切都和从前不同了。那数周的分离让两人都发生了变化。汉斯变得更加温柔、热情,甚至带着几分富于幻想的气质;而海尔纳则展现出一种更加坚韧、更具男子气概的风度。他们在那些日子里对彼此的思念是如此深刻,以至于这次重逢在他们眼中,仿佛是一场意义非凡的重大事件,更像是一份弥足珍贵的礼物。

这两个早熟的少年在他们的友谊中,以一种带着预感的羞涩,懵懂地品尝到了初恋般微妙而隐秘的滋味。此外,他们的关系还散发着因男性逐渐迈向成熟而显现的冷峻张力,并夹杂着一种同样冷峻的、针对所有其他同学的叛逆情绪。在同伴们的眼中,海尔纳令人厌烦,汉斯则让人难以捉摸,而当时那些同学之间的种种友谊,不过是些天真无忧的孩童游戏罢了。

随着汉斯越发深情地沉浸于这段友谊,他对学校的感情也逐渐变得冷淡而疏离。这种全新的幸福感犹如新酿的酒,在他的血液和思想中翻腾着,而与此同时,无论是李维还是荷马,都失去了他们以往的意义与光辉。老师们则忧心忡忡地发现,这位曾经无可挑剔的学生吉本拉特,竟然蜕变成一个令人担忧的存在,而且似乎深受那个备受质疑的不良少年海尔纳的影响。对于教师来说,没有什么比那些早熟少年的异样表现更令人畏惧的了,尤其是在他们进入那个本就危机四伏、充满青春躁动的年龄阶段时。海尔纳身上那种隐隐约约的天才气质,一直让他们感到不安——毕竟,天才与教师这一职业之间自古以来就存在着一条深深的鸿沟,那些出现在学校里的"天才"学生,从一开始就被教师们当成骇人听闻的怪物。在教师眼中,天才跟坏学生没有区别:他们不尊重老师,十四岁抽烟,十五岁早恋,十六岁出入酒馆;他们读禁书,写冒犯权威的文章,时不时还用嘲讽的目光盯着老师看。他们是修道院日志上的常客,是课堂上的麻烦制造者,也是禁闭室里的熟面孔。一位教师宁可面对十个公认的蠢材,也不愿班里有一个天才。严格来说,这种态度不难理解,因为他们的任务并不是培养卓越的思想者,而是训练出优秀的拉丁语学生、熟练的解题者和一群平庸的小市民。

至于在师生关系中,到底是老师忍受得更多,还是学生受害更深?究竟谁更像暴君,谁更像折磨人的恶魔?又是谁更深地破坏了对方的灵魂与生活?这些问题一旦深入探讨,难免会引发愤怒与羞耻,让人不由得想起自己的少年时代。然而,这并不是我们现在要讨论的主题。所幸的是,我们可以找到一丝慰藉:真正的天才拥有强大的韧性,他们几乎总能在经历创伤之后痊愈,并蜕变为伟大的人物。他们能够无视学校的种种桎梏,创造出卓越的作品。而这些作品,在他们去世之后,会被赋予来自远方的美好光环,再次被学校的教书匠们奉为经典,作为楷模和典范,推荐给下一代学生。于是,从一所学校到另一所学校,这场"校规与天分"之间的斗争反复上演。每一年,国家和学校都不遗余力地试图扼杀那些仅有的几个更深邃、更珍贵的灵魂,将他们连根拔起,斩断于萌芽之中。然而,正是这些被教书匠厌恶、屡遭惩罚、走上歪路甚至被驱逐的学生,后来往往成了民族的瑰宝。不过,也有许多天才最终在隐秘的反抗中耗尽了自己,悄然沉沦。像这样的灵魂究竟有多少,世人根本无从知晓。

按照古老而正派的学校传统,当有任何"不正之风"被嗅出端倪时,等待那些忤逆学生的,不是加倍的爱护,而是更加严厉的措施。这两位特立独行的少年也未能例外。只有教务长因为汉斯曾是他最得意的希伯来语学生,也是班里最勤奋的一个,而尝试了一次不得其法的"挽救行动"。教务长让人把汉斯叫到他的办公室,那是一间古色古香、带有凸窗的房间,过去曾是修道院院长的起居室。据传,附近的克尼特林根是浮士德博士的故乡,他曾在这间屋子里品尝过几杯来自艾尔芬的佳酿。教务长并非轻浮之人,他为人颇具洞察力,也不乏实用的生活智慧。他甚至对自己的学生抱有一种善意的关怀,喜欢亲切地用"你"来称呼他们。然而,他最大的缺陷是极度虚荣。这使得他在讲台上常常言辞浮夸,故作炫耀,意在逞能。同时,这种虚荣也让他无法容忍自己的权威受到丝毫质疑。他既无法接受反对意见,也不愿承认自己的错误。因此,那些缺乏主见或相对虚伪的学生与他相处得极为融洽,而那些坚守原则、诚实正直的学生却很难得到他的青睐。因为即便只是稍稍表露出不同意见,也足以让他失去理智,无法公正对待。他会在和学生谈话时熟练运用令人感动的语调,再配合鼓励的眼神,对"慈父般的朋友"这一角色的表演堪称一绝,简直是一位艺术家。而现在，他又戏瘾大发了。

"请坐，吉本拉特。"教务长热情地握了握刚刚怯生生走进来的少年的手，并友好地说道，"我想跟您聊一聊天。不过，我可以用'你'来称呼吗？"

"请便，教务长先生。"

"你大概自己也意识到了吧，亲爱的吉本拉特，最近你的成绩有些下滑，尤其是在希伯来语课上。你一直是我们这里最优秀的希伯来语学生之一，所以，当我注意到你的成绩突然下降了时，着实为你感到遗憾。你是不是觉得希伯来语课没意思了啊？"

"不是的，我觉得很有意思，教务长先生。"

"再好好想想！有时候会出现这种情况。你最近是不是对其他哪一科特别感兴趣？"

"没有，教务长先生。"

"真的没有？那我们就得寻找其他原因了。你能帮帮忙吗，有没有什么线索？"

"我不知道……我一直按时完成我的作业……"

"当然，我的孩子，你说得没错。但老话说得好，事与事之间往往有所不同。你的作业当然是做完了，这是你的本分嘛。不过，你以前完成得更好些。或许是你之前更勤奋，或者，至少对这一学科的兴趣更浓厚。我现在就在想,是什么原因让你的热情突然消退了呢?你身体不舒服吗?"

"没有。"

"还是因为头痛?你看起来确实不太精神。"

"是的,我有时候会头痛。"

"是不是每天的学习任务对你来说太繁重了?"

"不是的,一点也不多。"

"还是说,你花很多时间看课外书?说实话!"

"没有,我几乎不怎么看课外书,教务长先生。"

"那我就不太明白了,我的小朋友。这肯定是哪里出了问题。你能答应我,在功课上好好努力吗?"

汉斯将手放在教务长伸出的右手中,后者以严肃而温和的目光注视着他。

"这样就好,这才对,我的孩子。千万不要懈怠,前进的车轮是不会留情的。"

教务长握了握汉斯的手。汉斯松了口气,转身朝门口走去。这时,教务长又叫住了他。

"还有件事,吉本拉特。你和海尔纳交往得挺多,是不是?"

"是的,我总跟他在一起。"

"我感觉,比和其他人一起更多。或者是我说得不对?"

"您说得对。他是我的朋友。"

"这倒有点奇怪了,你们两个明明完全是不同秉性的人,怎么会走到一起?"

"我也不知道,他就是我的朋友。"

"你知道的,我并不怎么喜欢你这个朋友。他是一个内心极度不满、不安分的家伙;也许他确实有些天赋,但他一无所成,对你也没有什么好影响。如果你能多和他保持些距离,我会很高兴的。——你觉得怎么样?"

"这我做不到,教务长先生。"

"你做不到?为什么做不到?"

"因为他是我的朋友。我不能就这样扔下他一个人。"

"好吧。不过,你是不是可以多和其他人接触一些?你是唯一一个明显被海尔纳带坏了的孩子,后果我们已经看到了。到底是什么让你特别被他吸引呢?"

"我自己也不知道。但我们真的特别合得来。要是我疏远他的话,就太不像话了。"

"这样啊。好吧,我不会强迫你。但我希望,你能逐渐摆脱他的影响。这将是我非常乐意看到的结果,希望你明白。"

教务长的最后几句话已没有了先前温和的语气。汉斯终于被允许离开了。

从那以后,他又重新开始埋头苦学了。然而,这已经不再是早先那种轻松自如的进步,而更像是一种艰难的随波逐流,只为不至于落得太远。他也明白,这种情况部分是由于他的友谊造成的,但他并不觉得这段友谊是对他的损害或绊脚石,而是视之为宝藏,能够弥补得了一切缺憾:因为,这是一种更高层次、更有温度的生活方式,与他之前所过的那种被责任感驱使的冷冰冰的生活相比,简直天差地别。他就像那些陷入爱河的年轻人一样,明明感到自己有无限的能量,能完成非凡的壮举,却无力去处理枯燥琐碎的日常事务。就这样,他常常带着绝望的叹息把自己重新套进了生活的枷锁。像海尔纳那样,仅满足于应付了事,迅速且近乎粗暴地将必要的知识囫囵吞下,这种方式对他来说完全不可想象。由于好友几乎每晚在休息时间占用了他的全部精力,他只得每天早起一小时来弥补,尤其是在希伯来语语法方面,简直如临大敌。他真正的乐趣,只剩下荷马和历史课。在黑暗中摸索着,他逐渐接近了对荷马世界的理解;而在历史课上,那些英雄不再只是名字与数字,他们渐渐鲜活起来,用炽热的目光注视着他,每个人都拥有生动的红唇,以及属于自己的面容与双手——有的手红润、厚实又粗糙,有的则沉静冰凉如石刻,还有的纤细、炽热,血管清晰可见。

有时,他在阅读希腊文《新约》的过程中,也会被其中人物的鲜活与亲近所震撼,甚至感到不可抗拒的冲击。尤其是在一次阅读《马可福音》第六章时,当读到耶稣与门徒下船的段落"众人认得是耶稣,就跑遍那一带地方"时,他仿佛亲眼看到人之子走下船来。他立即认出他是谁,不是靠其形体或容貌,而是通过那双深邃明亮的爱的眼睛,以及那轻轻招手的姿态,或者更确切地说,是那种召唤和欢迎的手势。这只手修长而美丽,呈现出古铜色,仿佛由一颗精致而又充满力量的灵魂所塑造并居住其中。在这瞬间,他还模糊地捕捉到了激荡水面的边缘和一艘沉重小舟的船头,但随后,这整个画面便如冬日里口中呼出的一缕白雾般,转瞬即逝了。

时常会有类似的情景浮现:从书页中,某个形象或一段历史仿佛迫不及待地跃然而出,就好像是在渴望复活,然后在某个活生生的人眼中映射出自己的镜像。汉斯对此无能为力，只能屡屡惊叹它们随意浮现，又悄然溜走。这些稍纵即逝的影像让他感到自己被深刻而奇妙地改变了，仿佛他的目光能够穿透这片黑色的大地，如同透视一块玻璃，抑或上帝曾亲临并注视着他。这些珍贵的美好瞬间总是毫无预兆地降临，又无声无息地消逝，就像过路的朝圣者或友善的访客。他从不试图与它们攀谈或强行挽留，因为它们身上带着一种不可侵犯的陌生与神圣之感。

汉斯将这些经历深藏于心，从未向海尔纳提及。而海尔纳早先的那种忧郁已转变成一种躁动而尖刻的思维方式。他对修道院、老师、同学、天气、人生，甚至对神的存在都横加指责。有时，他还会表现出好斗的倾向，或突然开始搞起恶作剧来。反正他早就被孤立，与周围的一切格格不入，他便试图以一种毫无顾忌的骄傲，将这种隔阂彻底激化为倔强而充满敌意的对立。而吉本拉特并没有试图阻止，反而不可避免地被卷入其中。于是，这两位挚友在整个集体中成了一座引人注目的孤岛，既受瞩目，又成为恶意嫉妒的对象。汉斯逐渐开始适应这种状况，不再感到难受。唯一让他感到困扰的，是教务长的存在。他对教务长怀有一种隐隐的畏惧。他曾是教务长最宠爱的学生，如今却遭到了冷漠的对待，甚至明显是被刻意忽视了。而对于教务长专授的希伯来语，他也逐渐失去了所有的兴趣。

看着四十名神学院学生在短短几个月内，无论身体还是精神上都发生了变化，确实是一件令人愉悦的事情，当然也有几个例外。许多人显然长高了不少，但宽度却没什么变化。他们的手臂和双腿格外显眼，骨节茁壮地从那些跟不上发育速度的裤子和衣服里露了出来。脸庞则在渐渐褪去稚气与初露青涩的男子气概之间呈现出各种变化。而即便是那些身体尚未显现青春期那种发育趋势，尚未变得棱角分明的学生，也因为研读《摩西五经》，在光滑的额头上暂时添上了一抹属于成熟男子的严肃气息。圆鼓鼓的包子脸几乎已经成了稀罕物。

汉斯的变化也很明显。他的身高和消瘦程度如今与海尔纳不相上下，甚至看起来比后者还要成熟。他额头上曾经柔和透亮的轮廓如今变得更加分明，眼窝深陷，面色蜡黄，四肢和肩膀也越发骨感。

由于受到海尔纳的影响，汉斯对自己在学校的成绩越不满意，就越是与同学们更加冷漠地疏远。他已不再能以模范生和未来第一名的身份自居，而这种失落让他的自傲显得格外刺眼。同学们总是毫不掩饰地让他察觉到这一点，而他内心深处也因此感到深切的痛苦，这种痛苦让他对他们无法释怀。尤其是与一向无可挑剔的哈特纳和那个爱搬弄是非的奥托·温格尔之间，他们常常起争执。某天，当温格尔再次用嘲讽激怒他时，汉斯没能克制住自己，回敬了一拳，由此引发了一场激烈的打斗。温格尔虽然是个软柿子，但面对体力不支的汉斯却占尽上风，并毫不留情地痛下狠手。海尔纳当时并不在场，而其他同学则袖手旁观，甚至对汉斯受到这一顿教训喜闻乐见。汉斯被打得遍体鳞伤，鼻血直流，肋骨疼痛难忍。整晚，他因羞辱、痛苦和愤怒而无法入眠。他对朋友海尔纳隐瞒了这次遭遇，却从此更加封闭自己，几乎不再与室友们开口交流。

随着春天的临近，在阴雨连绵的午后、同样阴雨连绵的周日以及漫长的暮色笼罩下，修道院生活中开始出现新的组织和活动。"卫城"宿舍因其成员中有一位出色的钢琴演奏者和两名长笛演奏者，创办了定期的音乐晚会；"日耳曼尼亚"宿舍则成立了一个戏剧朗读社；与此同时，一些年轻的虔敬派学生还成立了一个读经小组，每晚研读《圣经》中的一章，并结合卡尔夫版《圣经》解读中的相关注解进行学习。

海尔纳申请加入"日耳曼尼亚"宿舍的朗读社，却被拒之门外。他气得头上冒烟。为了报复，他转而申请加入读经小组。虽然那里也不情愿接纳他，但他硬是挤了进去，并用不逊的言论和含沙射影的渎神言论，把这群谦逊小兄弟间的虔诚讨论搅得天翻地覆。然而没过多久，他便对这场闹剧感到厌倦，但在日常言谈中，他仍有一段时间对《圣经》语带讥讽。不过，这次他的挑衅几乎没有掀起太大波澜，因为整个年级似乎都沉浸在创办各种活动的热情之中，无暇顾及他的胡闹。

在这之中，最引人注目的要数那位才华横溢、幽默机智的"斯巴达"宿舍的成员。除了追求名声外，他唯一的目标就是给宿舍生活增添点乐趣，用各种搞怪和恶作剧给枯燥的学习生活加点佐料，好让自己轻松轻松。他的小名是邓斯坦，他脑洞大开地想出一个绝妙的法子，成功制造了轰动，还让自己变得出名。

一天清晨，当学生们从宿舍走出来时，发现洗漱间的门上贴着一张纸，上面写着标题"来自斯巴达的六个短章"。纸上用机智辛辣的双行诗讽刺了几位格外惹人注目的同学，调侃了他们的怪癖、恶作剧和人际关系，而吉本拉特与海尔纳这对好友也未能幸免。这件事在校园这个小小王国里引发了巨大的骚动，学生们像拥向剧院入口一样挤在门前，人群中喧哗不断，推推搡搡，议论纷纷，整个场面乱成一团，宛如一窝即将随蜂王起飞的蜂群。

第二天清晨，整扇门都贴满了各种讽刺短章和辛辣的双行诗，有回应，有附和，也有新的攻击。不过，最初引发这场骚动的始作俑者显然没有再卷入其中，表现得相当谨慎。他本来想干的就只是捅马蜂窝的勾当，如今目的已经达成，于是便搓着手暗自得意。几乎所有学生都在接下来的几天里参与了这场"对句大战"。人人都一边四处踱步，一边冥思苦想，琢磨如何写出一首巧妙的双行诗。或许，只有卢修斯还像往常一样专注于自己的工作，对此事毫不在意。最后，一位老师注意到了这场纷争，随即下令禁止了这个惹乱子的游戏。

狡猾的邓斯坦并没有满足于躺在现有的胜利果实上睡大觉，而是在此期间悄然筹备着他的后招，准备一击惊人。如今，他推出了一份小报的首期，用蜡纸制版，用油墨印刷技术，以极小的版式印在草稿纸上。早在数周前，他就开始为这个计划收集材料。这份报纸叫《豪猪》，主打幽默讽刺风格。首期的亮点是一篇诙谐的对话，对话双方是《约书亚记》的作者与一名毛尔布龙神学院的学生。报纸第一期向每间宿舍免费发放两份，计划从今往后每周出版两期，售价五芬尼。所有收益将用于设立一个文娱基金。

这份报纸的成功可谓立竿见影，而邓斯坦此时俨然一副忙碌的编辑兼出版人的架势。他在修道院内享有的赫赫威名，与文艺复兴时期那位以讽刺诗闻名的阿雷蒂诺在威尼斯共和国所享有的地位大致相仿。

当赫尔曼·海尔纳满怀激情地投入编辑工作时，所有人都大感意外。他与邓斯坦联手，对内容进行了尖锐辛辣的讽刺审查，而他的机智与毒舌堪称为此而生。这份小报的问世，让整个修道院整整一个月都沸腾不已。

吉本拉特对好友的行动听之任之，自己既无兴趣，也无能力参与其中。一开始，他甚至几乎没有察觉到，海尔纳最近傍晚常常在"斯巴达"宿舍流连，因为近来他的心思被其他事情牵绊。白天，他懒散而心不在焉，做事拖沓且毫无热情。而在一次读李维的课上，他还经历了一件奇怪的事情。

教授点名让他起身翻译，他却坐着没动。

"这是什么情况？为什么不站起来？"教授生气地

大吼。

汉斯一动不动地坐在那里,身姿笔直,微微低着头,半闭着眼睛。老师的吼声将他从梦境中半拉了出来,但在他听来,那声音仿佛从极远处传来。他还能感觉到,与他同坐一条长凳的同学正用力推他,但这一切似乎与他毫无关联。他仿佛置身于另一个世界,被一些人环绕着,有一些手在触碰他,一些声音在对他说话。那声音近在耳边,低沉而深邃,如同泉水静静流淌,深沉而柔和,却没有传递出任何具体的话语。许多眼睛凝视着他——陌生的、充满预感的、明亮而深邃的眼睛。那或许是他刚刚在李维课文中读到的罗马民众的注视,或许是他曾梦见过的某些陌生人的凝望,又或许是他在一些画作中曾经见到的目光。

"吉本拉特!"教授吼道,"你是在睡觉吗?"

这位学生慢慢地睁开眼睛,惊讶地看着教授,然后摇了摇头。

"你刚才睡着了!还是说,你能告诉我,我们读到哪一句了?嗯?"

汉斯用手指指着书里的位置,他确实知道讲到的是哪一段。

"那么,也许你现在能站起来念一念?"教授带着嘲讽的语气说道。于是汉斯站了起来。

"你到底在干什么？看着我！"

汉斯抬起头看着教授，但教授对他的目光很不满意，疑惑地摇了摇头。

"你身体不舒服吗，吉本拉特？"

"没有，教授。"

"坐下吧，下课后去我办公室一趟。"

汉斯坐下，低头埋进他的李维课本里。他完全清醒，能够理解所有内容，但与此同时，他的内心视线却追随着那些陌生的身影。这些身影渐渐远去，消失在遥远的广阔天地中，却始终用明亮的眼睛注视着他，直到最终融入朦胧的雾气中。与此同时，老师的声音、正在翻译的同学的声音，以及教室里的各种微小的动静逐渐清晰起来，最终重新变得真实而具体。长凳、讲台和黑板如往常般排列着，墙上依旧挂着那个巨大的木制圆规和三角尺，四周的同学也都端坐在各自的座位上，许多人还带着好奇甚至无礼的目光偷望过来。这时，汉斯浑身一震，感到惊恐万分。

"下课后去我办公室一趟。"他听到教授这么说。天哪，究竟发生了什么事？

下课的时候，教授招手让他过去，然后带着他穿过那些死死地盯着他看的同学,径直走了出去。

"现在说说看,刚才到底是怎么回事?所以你其实没在睡觉?"

"没有。"

"那我叫你的时候,为什么不站起来?"

"我不知道。"

"还是说你没听见?你是不是听力有问题?"

"没有,我听见了。"

"听见了还不站起来?而且后来你的眼神也很奇怪。你到底在想什么?"

"没在想什么。我是想站起来的。"

"那为什么没站起来?你是不是身体不舒服?"

"我觉得不是。我不知道到底怎么了。"

"你刚才是不是头痛?"

"没有。"

"就这样吧,你可以走了。"

饭前,他又一次被叫走,这次被带到了宿舍。在那里,教务长和医务官已经在等他。他接受了一些身体检查,并回答了一些问题,但他们并没有得出什么明确的结论。医生态度和善,面带微笑,并未对汉斯的情况表现出过多的担忧。

"神经有些小毛病，教务长先生，"他轻声笑着说，"会让人偶尔感到虚弱，就是一种轻微的眩晕感。我们需要让这位年轻人每天出去透透气。至于头痛，我可以给他开几剂药水。"

自那时起，汉斯必须每天饭后出去散步一小时。他并不觉得这有什么不好。但糟糕的是，教务长明确禁止海尔纳陪同他散步。海尔纳对此气得跳脚，破口大骂，但最终不得不屈服。于是，汉斯总是独自出去散步，而且竟然渐渐有些享受这种感觉了。彼时正值初春，圆润而优美的山丘上，一层薄薄的、明亮的嫩绿色初芽如波浪般掠过。树木褪去了冬日的形态，那轮廓分明的棕色枝杈在新生的嫩叶间逐渐隐去，与周围的景色交融，化作一片无限延展、流动的生机盎然的绿浪。

过去，在拉丁文学校的那些年里，汉斯对春天的感受与今年完全不同。那时的他活跃而充满好奇，关注着每一个细节。他会观察归来的鸟儿，辨认它们的种类；他会留意树木开花的顺序，然后等到五月开始钓鱼。而现在，他已经不再费心分辨鸟类，也不再通过枝头的嫩芽辨认树木的品种。他只是看到四处生机勃勃的景象，眼前各种颜色争相冒出，鼻端充盈着新叶的清香，空气柔和而带着发酵的气息。他带着几分惊奇漫步在田野间，但很快就感到疲惫，总是有一种想要躺下沉睡的冲动，而眼前几乎始终浮现出一些与周围真实景象毫无关系的事物。至于那些事物究竟是什么，他自己也说不上来，更不会去深究。这些明亮、细腻而又奇异的梦境，如同一幅幅画面，或者像是一排排陌生的树木组成的林荫大道静静矗立在他周围，但其中却没有任何事情发生。这些画面纯粹是为了被观赏而存在，而这种观赏本身也算是一种经历。这种经历仿佛带他去了另一个地方，见到了另外一些人。他仿佛漫步在异乡的土地上，那土地柔软而舒适，每一步都让人惬意。他有一种呼吸着陌生空气的感觉，那空气轻盈无比，带着一种细腻而梦幻的芬芳。偶尔，这些画面会被另一种感受所取代，那感受昏暗、温暖而令人心悸，仿佛有一只轻巧的手温柔地拂过他的身体。

在阅读和学习时，汉斯很难保持专注。他对那些不感兴趣的内容总是心不在焉，仿佛它们会轻轻地从指尖溜走。而他若想在课堂上记起希伯来语词汇来，就得靠课前最后半小时临时抱佛脚。然而，他时常会经历那种实体化的直观瞬间，在阅读时，书中的内容会突然变得栩栩如生，仿佛在眼前活动起来，比眼下的真实环境还要鲜活有力。然而，与此同时，他绝望地发现自己的记忆力再也无法吸收新的内容，几乎每天都变得更加迟钝和不可靠。过去那些久远的记忆却常常以一种可怕的清晰度涌现，让他既感到惊奇，又感到不安。在上课或阅读时，他有时会突然想起父亲、老安娜，或者某位过去的老师或同学。他们的形象会清晰地浮现在他面前，甚至占据他一段时间的全部注意力。他一遍遍地回想起在斯图加特的经历、州试的场景以及假期的片段，或者看到自己坐在河边钓鱼，闻到阳光下水面蒸腾起的薄雾的气息。但同时他又觉得，这梦中的时光仿佛来自许多年前的久远记忆。

在一个阴冷潮湿又昏暗的夜晚，汉斯和海尔纳在宿舍的走廊里来回踱步，汉斯聊起了家乡的事：父亲、钓鱼和学校生活。他的好友出奇地沉默，只是安静地听着，偶尔点点头，或者用他整天把玩的那把小尺子在空气中若有所思地挥舞几下。渐渐地，汉斯也沉默了下来。夜幕降临，他们一起坐到了窗沿上。

"喂，汉斯？"海尔纳终于开口讲话，声音听起来有些飘忽，激动得发颤。

"怎么？"

"哎呀,没事。"

"别呀,有话就说!"

"我只是在想……因为你刚才讲了那么多事……"

"你想到了什么?"

"汉斯,你真的从来没追过女孩儿吗?"

一阵沉默。他们从未谈过这个话题。汉斯对这个话题有些害怕,但同时,这个神秘的领域又像童话中的乐园般让他着迷。他感觉自己脸红了,手指也在轻微地发颤。

"只有一次,"他低声说,"那时我还是个傻小子。"

又是沉默。

"……那你呢,海尔纳?"

海尔纳叹了口气。

"哎,别提了……你知道,这种事根本没什么好聊的。"

"别呀,说说看。"

"嗯,其实我有个初恋对象。"

"你?说真的?"

"在老家。是邻居家的姑娘。就在这个冬天,我亲了她一下。"

"亲了一下?"

"是啊。嗯,你知道吗,那时候天都已经黑了。就在那个晚上,就在冰面上,她让我帮她脱下冰鞋。然后,我就亲了她一下。"

"她没说什么吗?"

"她什么也没说,就只是跑开了。"

"接下来呢?"

"接下来……没了。"

他又叹了口气,而汉斯看着他,就好像在看着一个从伊甸园归来的英雄。

这时钟声响起,所有人都得上床睡觉。然而,在熄灯后的一片寂静中,汉斯躺在床上,脑海中反复浮现海尔纳亲吻那个姑娘的情景,足足一个多小时都没能入睡。

第二天,汉斯本想继续问,但又觉得羞于开口。而对方见汉斯没有再问,也不好意思主动提起这件事。

在课堂上,汉斯的情况越来越糟。老师们开始对他甩脸色,向他投去异样的目光;教务长的神情阴沉而恼怒。同学们早已看出,吉本拉特已经从曾经的高位滑落,不再有争当第一名的上进心。只有海尔纳对此毫无察觉,因为他从未把学校生活放在心上。而汉斯自己,则看着一切发生和改变,却毫不在意。

与此同时，海尔纳已经对当小报编辑感到厌倦，再次全身心地回到了汉斯身边。他无视禁令，多次陪汉斯一起散步，他们躺在阳光下做白日梦，朗读诗歌，或者拿教务长开玩笑。汉斯每天都期待着他继续讲述那个懵懂的故事，但随着时间的推移，他却越来越难以克服内心的障碍，始终无法主动开口询问。至于在其他同学那里，他们两个依旧像以前一样不受欢迎，毕竟海尔纳在《豪猪》上发表的那些尖刻嘲讽的笑话，早已让他失去了所有人的信任。

那段时间，这份报纸反正也差不多寿终正寝了，它的意义已经消失，毕竟它本来就是为了打发冬春交替期间那些漫长而无聊的日子才产生的。现在，渐渐到来的美好季节提供了足够的消遣——植物采集、散步，以及各种户外游戏。每天中午，修道院的前厅满是体操爱好者、摔跤手、赛跑者和打球的人，欢呼声与喧闹声此起彼伏。

就在此时，一场新的轰动事件发生了，而其始作俑者和焦点人物，正是那个众人眼中的刺头——赫尔曼·海尔纳。

教务长从一些热心肠的同学那里得知，海尔纳对他的禁令置若罔闻，几乎每天都陪着吉本拉特一起散步。这一次,教务长没有找汉斯的麻烦,而是直接把主要的罪魁祸首——他一直以来的"死对头"海尔纳叫到了办公室。他照例使出那套用"你"来称呼以示亲近的把戏来开场,却立刻遭到了海尔纳的反感和拒绝。随即,教务长翻脸,开始严厉指责他的不服从,而海尔纳则毫不退让,辩称吉本拉特是他的朋友,任何人都无权禁止他们交往。这场冲突以一场激烈的对峙收场,海尔纳被罚禁足几个小时,并被严令禁止近期再与吉本拉特一起外出散步。

于是第二天,汉斯又独自去完成他的例行散步。他在两点钟返回,与其他人一起进入教室准备上课。然而,课程刚开始,大家便发现海尔纳缺席了。这情景与当初兴都失踪时几乎如出一辙,只是这一次,没有人再认为他只是迟到了。到了三点钟,整个年级的学生和三名老师一起出发,开始寻找失踪的海尔纳。他们分散开来,在森林中奔跑、呼喊。许多人,甚至包括两位老师,都担心他可能已经做了傻事。

下午五点,所有附近的警察局都收到了电报,到了傍晚,学校还给海尔纳的父亲寄出了一封加急快信。然而,直到深夜,依然没有找到任何线索。整个夜晚,宿舍里都充满了窃窃私语。在学生中,大多数人都相信他可能跳水自尽了,也有一些人认为他只是偷偷回家了。不过可以确认的是,这位擅自离校的学生几乎没有带什么钱在身上。

所有人都看着汉斯,仿佛他应该知道些什么。然而事实并非如此,他反而是众人中最惊慌、最忧虑的一个。夜里,当他听见宿舍其他人纷纷猜测、议论,甚至开着玩笑时,他蜷缩在被子里,怀着对朋友的担忧和恐惧,度过了漫长而痛苦的时光。一种预感笼罩着他——海尔纳可能再也不会回来了。这种不安的预感让他的心揪紧,充满了一种带着恐惧的痛楚,直到他最终筋疲力尽、满怀忧虑地入睡。

与此同时,海尔纳正躺在几英里外的一片树林里。他冻到无法入睡,但内心却充满了一种深深的自由感。他大大地舒了一口气,伸展四肢,就像刚从一座狭窄的牢笼中逃脱了一般。自中午起,他就一直在路上,途中在克尼特林根买了些面包,此刻偶尔咬上一口,同时透过仍显春意盎然的稀疏枝丫,望着夜色、繁星以及快速掠过的浮云。至于最终会去哪里,他毫不在意;至少,他已经逃离了他所厌恶的修道院,还向教务长证明了,他的意志要比那些命令和禁令更加强大。

到了第二日,整整一天,人们都在徒劳地寻找海尔纳。他则藏身在离一个村庄不远的田野上，蜷缩在一堆稻草捆中间度过了第二个夜晚。清晨，他又钻进了森林，直到傍晚，当他企图跑进一个村落时，不巧落在了一名地方巡逻员的手里。那位巡逻员用一种不乏友好的嘲笑态度欢迎了他的到来，将他抓到当地市政厅。在那里，海尔纳用机智和恭维赢得了村长的好感。于是村长带他回家，允许他在那里过夜，在睡前还给他准备了一顿有火腿和煎蛋的丰盛晚餐。第二天，海尔纳的父亲赶来，把他接走了。

当这位擅自离校的学生被带回修道院时，引起了极大的轰动。然而，他昂首挺胸，对这次小小的"天才之旅"毫无悔意。学校要求他道歉，但他断然拒绝，并且在教师会议那如同秘密法庭般的审判中，既不胆怯，也毫无恭敬之意。起初，学校还有心挽留他，但最终忍无可忍，决定当众开除他的学籍。当晚，他便与父亲一起离开，彻底成为修道院的"不受欢迎的人"。他与好友吉本拉特，除了握手告别，什么也没有多说。

教务长为这起罕见的反抗与堕落事件发表了一篇辞藻华丽又充满激情的演讲。然而，他写给斯图加特上级机关的报告却显得平淡得多，语气温和，内容简略,毫无之前的锋芒。随后,修道院下令禁止学生与这位被开除的"异类"通信,但汉斯·吉本拉特对此只是淡然一笑。接下来的几周里,海尔纳和他的逃亡之旅成了大家茶余饭后的热门话题。随着时间的流逝和距离的阻隔,这位曾被视为危险人物的学生在人们眼中的形象逐渐改变,有人甚至将他比作一只挣脱牢笼、振翅高飞的雄鹰。

"古希腊"宿舍里如今空出了两个书桌,而最近这位离校的学生并不像前一位那样迅速被遗忘。不过,对教务长来说,如果这第二位也能像第一位一样,被平静地安置妥当,就再好不过了。然而,海尔纳并没有做任何扰乱修道院宁静的事。他的挚友一直在等待,但始终没有收到他的任何消息。他已经走了,无影无踪,他的身影和他的出走逐渐变成了一个故事,最终成了一段传奇。这位热情洋溢的少年,在做了不少离经叛道的事、经历了许多迷茫之后,最终在生活的磨难中受到了严厉的锤炼。虽谈不上是英雄,但依然成长为了一个堂堂正正的人。

至于留下来的汉斯,他被怀疑事先知晓海尔纳的出逃计划,这让他彻底失去了老师们的好感。在课堂上,当他连续几个问题都回答不上来时,一位老师冷嘲热讽地说道:"你怎么没跟你那了不起的朋友海尔纳一起走呢?"

教务长让他坐下,用一种既带轻蔑又含怜悯的目光从旁瞥了他一眼,就如同带有法利赛人看待税吏时那种排斥异己的优越感。吉本拉特已不再被视为集体中的一员,他如今属于那些被放弃的人。

第五章

像一只靠粮仓维生的仓鼠，汉斯凭借以往在学业上的积累，勉强支撑了一段时间。然而，不久后，他开始感受到一种令人难堪的乏力感。虽然他偶尔还会鼓起些许力气做出新的努力，但这些尝试显得如此徒劳，以至于连他自己都觉得可笑。他索性不再自讨苦吃，把《摩西五经》抛给了荷马，把代数扔给了色诺芬，看着自己在老师眼中的声誉一阶一阶地滑落，从"优秀"变成"不错"，再到"平庸"，最后跌至谷底。而如今，他的头痛又成为常态。而偶尔不头痛的时候，他就会想起赫尔曼·海尔纳，怀着轻松、美好的幻想，睁着一双大大的眼睛，陷入漫无边际的思绪中，一连几个小时都在半醒半梦之间度过。

面对老师们日益增多的指责，他近来只是以宽厚而谦卑的笑容回应。温和的年轻助教威德里希是唯一一个被这无助的笑容深深触动并感到心痛的人。他对这个已经偏离正轨的少年充满怜悯，用宽容的态度对待他。而其他老师则对他怒气难平，用各种方式加以惩戒：不是用轻蔑的眼神将他晾在一旁，就是偶尔用讽刺的语调试图唤醒他那早已沉睡的上进心。

"如果您现在还没睡着的话，或许能劳驾您读一下这个句子吗？"

教务长用一种故作愤慨的夸张语气说道。这个自负的男人对自己目光的威力深信不疑，然而，每次他威严地翻动着眼珠发出警告时，吉本拉特总是以那种谦卑顺从的微笑回应，这渐渐让他感到神经紧张、心烦意乱。

"别再这么没底线地傻笑了！你看看你，是不是应该大哭一场才对！"

相比之下，更让汉斯感到触动的，是一封父亲的家书。这封信充满了对他的震惊与告诫，急切地劝他迷途知返。原来，教务长早已写信给汉斯的父亲，这让吉本拉特先生惊恐万分。他写给汉斯的信充满了所有他能想到的鼓励和道德训诫的话语，但其中无意间流露出的哀怨与无助，深深地刺痛了孩子的心。

所有这些兢兢业业、恪尽职守的充当少年导师的人，无论是教务长还是老吉本拉特，抑或其他教授和助教，都将汉斯视为一个麻烦人物，一个妨碍他们实现目标的绊脚石，一个又固执又迟钝的学生，必须采取强制手段，才能迫使他回到所谓的正轨上去。然而，除了那位充满怜悯心的助教外，没有一个人注意到，在那张瘦削少年面庞上无助的微笑背后，一个濒临崩溃的灵魂正饱受折磨，绝望地在沉溺中挣扎，却四顾无人。他们从未意识到，正是学校的教育方式，以及父亲和某些教师那几近野蛮的虚荣心，将这个脆弱而敏感的孩子逼入了如此绝境。他们肆无忌惮地在这个无辜的、毫无防备地向他们敞开心灵的孩子身上施压，无情地摧残着他的灵魂。为什么在少年最敏感、最危险的成长岁月里，他不得不每天学习到深夜？为什么他们要夺走他的兔子，有意让他与拉丁文学校的同伴疏远，禁止他钓鱼和散步，并向他强行灌输一种卑劣虚伪、耗人心力的虚幻理想？为什么即使在考试结束后，连本应属于他的假期和难得的闲暇时光也要被无情地剥夺？

如今，这匹被过度驱使至精疲力竭的小马已经倒在路旁，再也无法前行。

可惜，情况并没有如愿好转。距离假期还有三个星期的一天下午，在一节课上，汉斯被教授严厉地训斥了一通。当教授还在喋喋不休地责骂时，汉斯突然瘫倒在长凳上，浑身颤抖，眼神惊恐，随后陷入了一场持续良久的失控状态。他又哭又喊，宛如癫痫发作一般，直到整节课被迫中断。之后，他在床上躺了大半天。

第二天的数学课上，汉斯被老师叫到讲台上，要求他画出一个几何图形并进行演算。他走到黑板跟前，却感到一阵眩晕，随后用粉笔和尺子在黑板上毫无章法地比画了几下，便失手将它们掉在了地上。当他弯下腰去捡时，自己却直接跪倒在地，怎么也无法再站起身来。

医务官对此颇为恼火，认为病人实在不该闹出这样的花样。他谨慎地表达了自己的看法，要求学校立刻安排汉斯休学疗养，并建议请一位神经科医生前来会诊。

"他早晚会得舞蹈症的。"医务官低声对教务长说。教务长点了点头，觉得此时有必要将自己脸上那不悦的恼怒表情换成一副慈父般的怜悯模样。他转换得很自然，而且显得相当得体。

教务长和医生分别给汉斯的父亲写了一封信，塞进他的书包里，然后着手安排将他送回家。教务长的恼怒已转为深深的担忧——刚刚因为海尔纳事件而被惊扰的学监部门，如今又会如何看待这起新的不幸？出乎所有人意料的是，他甚至放弃了针对此事进行训话的机会。而在汉斯离校前的最后几节课里，他对汉斯表现出一种异样的、令人不安的亲切态度。他心里非常清楚，这次休学疗养之后，自己将再也见不到这个学生了——即便身体康复，汉斯在学业上也已经落后太多，绝不可能补得上这几周甚至几个月落下的课程。虽然在送别时，他还是带着几分真诚的鼓励说了一句"再见"，但此后，每当他走进"古希腊"宿舍，看到那三张空荡荡的课桌时，心中总会感到一阵刺痛。他不得不竭力压抑心中逐渐浮现的念头：或许，这两位天资聪颖的学生接连离开，他本人也难辞其咎。然而，作为一位品格坚毅而且道德高尚的人，他最终还是成功地将这些无益且阴郁的疑虑从心中驱逐了出去。

这名神学院学生拎着小小的旅行包渐行渐远，修道院逐渐消失在他的视线中。教堂、城门、山墙和塔楼随之隐没，连同那片森林和连绵的山丘也一并消失，取而代之的是靠近巴登-符腾堡两州边境线的那一大片丰饶的果园。接着，他经过普福尔茨海姆，眼前便出现了黑森林的青黑色山峦，山间布满了纵横的溪谷。在炎炎夏日，这片森林显得格外幽蓝和凉爽，仿佛许诺着无限的阴凉与静谧。少年望着那片不断变幻的、逐渐变得熟悉而亲切的风景，心中不无欢愉。然而，当家乡渐渐临近时，父亲的身影突然浮现在脑海，那份对即将到来的场景的深深恐惧，瞬间将旅途中的小小喜悦一扫而空。他回忆起当初前往斯图加特参加州试的旅程，以及起程前往毛尔布龙报到时的情景——那时紧张与期待交织的心情仍历历在目。然而，这一切究竟是为了什么呢？他心里和教务长一样清楚，这次离开之后，他再也不会回来了。神学院的生活、继续深造的可能性，以及所有对未来的雄心壮志都在这里被画上了终止符。不过，这个念头并没有让他感到悲伤，让他心情沉重的，是即将面对父亲的恐惧——他辜负了父亲的期望，也让父亲的梦想破灭。此刻，他别无所求，唯一的渴望就是好好休息，把一切都睡过去、哭过去、梦过去。他只想从这一切折磨中解脱，得到片刻的安宁。然而，他担心，在家面对父亲时，这样的愿望终究无法实现。列车快到终点时，他感到一阵剧烈的头痛，不再向窗外张望，尽管列车此刻正穿过他从前最喜欢的地区，那片他曾怀着无比热情翻越过的高地与林区。等列车到站，停靠在他再熟悉不过的家乡时，他差点错过了下车的时机。

如今，汉斯就这样站在那里，手里提着雨伞和旅行包，而父亲则在一旁默默打量着他。教务长的最后一封报告，已经将父亲对这个不成器的儿子的失望与愤怒，变成了一种难以言喻的震惊。他原本想象汉斯应该是病入膏肓、面容憔悴的模样，但如今看到他，虽然瘦削和虚弱，却仍能好好地站着，靠自己的双腿行走，这多少让他稍感宽慰。然而，最让他无法释怀的是内心深处的恐惧——对于教务长和医生提到的神经类疾病的恐惧。在父亲的家族中，从来没有人患过神经类疾病。过去，他们要么用不解的嘲笑提起这样的病人，要么以一种轻蔑的怜悯将其等同于精神病患者。而如今，他的小汉斯却把这样的问题带回了家。

到家的第一天，汉斯很庆幸自己没有立即遭到父亲的责骂。然而，他很快注意到，父亲对他的态度充满了小心翼翼的关怀，这种态度显然不是出于自愿。他还时不时察觉到，父亲用一种奇怪的、带有审视意味的眼神注视着他，那眼神里带着某种令人不安的好奇心。与他交谈时，父亲的语气压抑且虚伪，仿佛在掩饰什么，同时暗中观察着他的一举一动，却又不想让他察觉到这一点。这让汉斯变得更加拘谨，也开始对自己的状况产生了一种模糊却挥之不去的恐惧，这一点也开始让他忧心如焚。

天气好的时候,他整日躺在森林里,这让他稍感轻松。偶尔,他受伤的灵魂会被童年无忧无虑的记忆轻轻触动——赏花、观察昆虫、偷听鸟鸣,或追踪野兽的足迹,这些都会为他带来短暂的喜悦。然而,这种喜悦总是稍纵即逝。大多数时候,他只是懒洋洋地躺在苔藓上,头脑昏沉,试图集中精神去思考些什么,却总是徒劳,直到那些梦境再次将他带往遥远的异域。他几乎持续不断地被头痛折磨,每当想起修道院或拉丁文学校,那些堆积如山的书本、课堂和作业就如同一个凶恶的梦魇般扑向他。在他疼痛的脑海中,李维、恺撒、色诺芬的名字以及一道道数学题目仿佛在混乱而令人难堪的舞步中纠缠不休,像走马灯一样挥之不去。

有一次,他做了这样一个梦。他看见他的朋友赫尔曼·海尔纳已经死去,躺在一副担架上。他试图走上前去,但教务长和老师们总是粗暴地将他推开。每当他迈出一步,他们就狠狠地推搡他,将他挡在外面。不仅修道院的教授和助教们在场,甚至连斯图加特考试委员会的主考官和校长也都出现在那里,个个脸上写满了愤怒与责备。突然,场景一变,担架上的尸体变成了溺水身亡的兴都,而他那位戴着高礼帽、弓着双腿、满脸悲伤的父亲站在一旁,显得又滑稽又可怜。

又一个梦:他在森林里奔跑,焦急地寻找逃走的海尔纳。他总能远远地透过树干间的缝隙看到他的身影,但每次他想呼唤,那身影却总是迅速消失。终于,海尔纳停下了脚步,让他靠近,然后说道:"喂,你知道吗?我有个初恋对象。"随即放声大笑,那笑声格外刺耳。紧接着,他再次消失在灌木丛中,无影无踪。

他还曾梦见一个瘦削而俊美的男子从船上走下来,那人有着宁静而神圣的目光,以及优美而温柔的双手。他立刻跑向那人。但这一切很快消失不见。当他试图回想这一切时,脑海中突然浮现出福音书中的那句话:"众人认得是耶稣,就跑遍那一带地方。"随后,他不得不开始琢磨句子中的词语是什么变位形式,必须推导出这个动词的现在时、不定式、完成时和将来时,并反复变位出单数、双数和复数的各种形式。一旦卡壳,他便立刻陷入焦虑之中,冷汗直流。每当他从梦中醒来,都会觉得整个头仿佛遭受了重创。而当他脸上不由自主地浮现出那种带有认命的神情与负疚感的疲惫微笑时,耳边仿佛立刻响起教务长的声音:"怎么又满脸傻笑了?就你这表现,还笑得出来?"

总体来说，尽管偶尔会有些好转，但汉斯的情况并没有显现出任何实质性的进展，反而似乎在逐渐恶化。曾经为他母亲诊治并确认其死亡的家庭医生，如今也时常来看望偶有痛风困扰的父亲。每次这位家庭医生来家访时，总是板着一张脸，迟迟不肯给出明确的诊断或表态。

直到这几周，汉斯才意识到，在拉丁文学校的最后两年里，他实际上已经没有朋友了。当年的同学有的早已离开，有的则成了学徒，在街头忙碌。他与他们中的任何一个人都找不到共同点，彼此之间毫无关联，也没有任何人想要关心他的处境。老校长曾与他寒暄过两次，拉丁文老师和城区牧师在街上也向他友好地点头致意，但事实上，汉斯与他们之间已经毫无瓜葛。他不再是那个可以被当作填鸭对象的知识容器，也不再是那片适合播种希望的沃土，更不值得他们再为他浪费时间与精力。

如果城区牧师能稍微关注一下汉斯的状况，或许还能对他有所帮助。但他又能做些什么呢？他能给予的，无非是学问，或者至少是追求学问的兴趣，而当初他已经没有保留地把这些传授给了这个孩子，除此之外，他也实在没有什么别的可给了。他并不是那种拉丁文功底堪忧、讲道内容永远充斥着陈词滥调，却总能以温暖的目光和善意的言辞面对世间苦难，从而在困顿时让人愿意去寻求安慰的牧师。而老吉本拉特也并不是一个称职的朋友或安慰者，尽管他已经竭尽全力掩饰自己对儿子的失望和因此而生的恼怒。

于是，汉斯感到自己被遗弃了，也不再被爱。他要么坐在阳光下的小花园里，要么躺在森林中，沉浸在自己的遐想或折磨人的思绪中。阅读已无法成为他的解脱，因为很快就会让他的头和眼睛疼痛。而且，每当他翻开任何一本书，修道院时期的幽灵便会从中冒出来，在他的眼前复活，带着那里的所有恐惧与焦虑，将他困在一种令人窒息的不安的梦魇中，用灼热的目光将他钉在那里，使他动弹不得。

在这绝望与被遗弃的孤独感中，一个新的幽灵以虚幻的安慰者的姿态悄然靠近这个病中的少年，并逐渐成为他熟悉而不可或缺的朋友。这便是死亡的念头。设法弄到一把枪，或者在森林中的某个地方系上一根绞索，对他来说似乎是轻而易举的事。几乎每天，他都会在散步时反复琢磨这些念头。他精心挑选了一些僻静的地点，最终找到了一处适合结束生命的地方，并认定那里就是自己的归宿。他一次次前往那个地方，坐在那里，不停想象着自己死后在这里被发现的情景，竟从这无数次的想象中获得了一种奇异的满足感。用来悬挂绞索的树枝早已选定，他甚至亲自测试过它的承重能力。至此，这条路上已再无任何障碍。他渐渐开始动笔，写了两封信，前后间隔许久。一封简短的留给父亲，另一封则篇幅很长，写给赫尔曼·海尔纳。他打算把这两封信放在遗体旁，让人发现。

这些准备工作以及那种痛下决心的笃定感，竟然对他起到了某种奇妙的安抚效果。当他坐在那根将决定自己命运的树枝下时，常常感受到片刻的轻松，仿佛压在心头的重负暂时消散，甚至涌上几分难以言说的欣悦。父亲也注意到，他的精神状态似乎有所好转。而汉斯则怀着一种讽刺的愉悦，看着父亲因自己的"好转"而感到欣慰，而父亲不知道的是，这份"好转"正是源自他对即将走向终结的笃定。

为什么他迟迟没有将自己吊在那根美丽的树枝上，他自己也说不清楚。这个念头早已定下，死亡对他来说已经是板上钉钉的事。也正因如此，他反倒感到一种难得的心安无忧，甚至乐得在这些最后的日子里，尽情享受明媚的阳光和孤独的遐想，就像人们在即将起程远行前常会做的那样。他随时都可以出发，一切都已准备妥当。除此之外，他在这短暂的停留中还获得了一种格外苦涩的满足感——他自愿待在这个熟悉的环境里，直面那些对他的危及生命的决心一无所知的人。每次见到医生，他心里总会想着："喏，到时候你准会大吃一惊！"

命运似乎有意让他愉悦地沉浸于这些阴郁的念头，并冷眼旁观，看着他每日从死亡之杯中啜饮几滴生命力的滋味。这个支离破碎的年轻生命或许早已失去了存在的意义，但它似乎仍有一个必须完成的生命旅程，终究不会轻易脱离轨道，戛然而止，而是继续试着多品尝几口生活那既苦涩又甜美的滋味。

那些无从逃避的、折磨人的念头渐渐稀少，取而代之的是一种疲惫的放任，一种痛感消失后所遗留的倦怠心境。在这种状态中，汉斯茫然地看着时间和日子从身边流逝，心不在焉地凝视着虚空。有时他看起来像在梦游，有时又像个无忧无虑的孩子。某天，他昏昏沉沉地坐在小花园那棵松树下，嘴里不自觉地反复哼唱着一首刚好想起的、在拉丁文学校学过的古老诗句：

啊，我如此疲惫，
啊，我如此憔悴，
钱袋里没一分，
背包里也空无一文。

他漫不经心地哼着那熟悉的旋律，反复吟唱了二十多遍，却完全没往心里去。而他的父亲恰好站在窗边，全程听着，心中惊恐万状。对于天性干巴巴的男人来说，儿子这样带着一种舒适又麻木的神情心不在焉地吟唱，已经完全超出了他的理解范围。他长长地叹了口气，将此情景解读为精神无可救药地衰退的信号。从那以后，他更加小心翼翼地、带着惊惧不安的心情观察着汉斯。而这一切汉斯自然看在眼里，心中更是平添痛苦。然而，即便如此，他依然没有拿起绞索，去那根结实的树枝上完成他酝酿已久的计划。

炎热的夏季悄然降临，距州试和那年的暑假已过去了整整一年。汉斯偶尔会想起往事，但心中并没有太多起伏：他已经变得麻木不仁。他很想重拾钓鱼的爱好，却不敢向父亲提起。每当站在水边，这种渴望便无情地折磨着他。有时，他会独自躲到无人能看到的河岸上，目光炙热地注视着那些黑色的鱼儿在水中无声地游动。每天傍晚，他都会沿着河岸行走，到上游那边去游泳。因为走这条路总是会经过检查员盖斯勒的小屋，终于有一天，他偶然发现，三年前曾让他心如鹿撞的艾玛·盖斯勒已经回到了家中。他好奇地多看了她几眼，却发现她再也不像从前那样吸引他了。往日那个纤细而精致的小女孩如今已经长大，动作略显笨拙，还梳着一头故作成熟的时髦发型，完全破坏了她的美感。身上的长裙也与她的气质格格不入，这种刻意模仿成熟女性的打扮显然非常失败。汉斯觉得她有些可笑，但同时又为自己曾经的悸动感到一丝遗憾。记得那时，每次见到她，他心中都会涌起一种甜蜜、朦胧又温暖的奇异感受。而如今，一切都变了，显得如此无趣、黯淡，死气沉沉。很久以来，他的生活中除了拉丁文、历史、希腊文、考试、神学院和头痛，就再无其他。但在那美好、明艳且充满了生命力的过去，他还拥有许多装满了童话故事和强盗故事的小书，他在小花园里摆弄自制的小锤磨机，傍晚则会跑到纳绍尔德家大门甬道里去听莉泽讲那些惊险的小故事。也正是因为这些故事，有一阵子，他甚至把邻居老格罗斯约翰当成了一个杀人的强盗，还做过噩梦。这位顶着"加里波第"这个绰号、让人联想起意大利那位著名战士的好人，其实只是个普通的老人家。那时的一整年，他都充满了兴奋和期待，每个月总有值得盼望的事：割草、割苜蓿、第一次钓鱼或抓螃蟹、收啤酒花、摇李子、点燃烤土豆的篝火，或者等待打谷季的开始。除此之外，他甚至会特意期待每一个可爱的星期天和公众假期。那时，生活中还有许多事物带着神秘的吸引力：房屋、巷道、楼梯、谷仓阁楼、水井、栅栏，以及各种各样的人和动物。他们要么本身就是他熟悉且喜爱的，要么以一种神秘的魅力诱惑着他。在摘啤酒花的时候，他曾帮忙干活，一边听比他年岁稍大的小姐妹们唱歌，并记住了她们歌里的几句歌词。大多数歌词滑稽得让人忍俊不禁，而有那么几句却格外哀伤，听得人喉头哽咽不已。

这一切都已经悄然结束了，当时的他甚至没有立刻察觉，先是莉泽的晚间故事，接着是周日上午的"抓金子"游戏，再后来是童话书。就这样，一个接一个，啤酒花也不摘了，就连花园里的小锤磨机也不见了踪影。啊，这一切究竟都去了哪里？

于是，这个早熟的少年在病中的日子里，仿佛重新在幻想中再次经历了童年。他那被教育工作者们剥夺了童年的心灵，此刻在突如其来的怀念驱使下，回到了那些朦胧而美好的岁月,迷醉地徘徊在回忆的森林里。这些记忆的鲜明与强烈程度或许已呈病态,但他对那些往事的再度体验,其炽热与激情,却丝毫不逊于他当初真正经历时的感受。那遭到背叛和强力压制的童年,如同一股长期被堵塞的泉水,猛然间在他的内心喷涌而出。

当一棵树被摘顶的时候,常常会在靠近根部的位置冒出新的枝芽。同样,一个在花期就已染病、衰败的灵魂,往往会回到那充满春日气息的童年伊始,仿佛在那里能发现新的希望,重新接续那被中断的生命线。那些根部的嫩芽迅速且贪婪地生长,但这些只是生命的幻象,根本无法长成一棵真正的树。

而这也是汉斯·吉本拉特的亲身经历,因此,我们有必要沿着他的梦境通道,和他一同体验一小段童年之旅。

吉本拉特家宅紧邻古老的石桥,坐落在两条截然不同的小巷的交会处。一条是吉本拉特家宅所在的那条巷子,它是全城最长、最宽敞、最体面的街道,被称作"制革巷";而另一条巷子则陡然向上,又短又窄,破败不堪,名叫"弄鹰巷",名字来源于一座早已歇业的、招牌上曾有只猎鹰的老酒馆。

制革巷里的宅子一栋挨着一栋，住的都是些老派、稳重的殷实市民，他们全都拥有自家的住屋、家族墓地和后花园。这些花园沿着山坡逐层升起，花园篱笆的尽头直抵建于十九世纪七十年代、长满了金雀花的铁路堤坝。若论气派，能与制革巷媲美的，唯有集市广场了。教堂、县政府、法庭、市政厅和教区长办公室都坐落在那里。这些建筑整洁有序、庄严肃穆，无不散发着一种具有贵族气派的城市风貌。尽管制革巷没有那些官署大楼，却有鳞次栉比、新旧不一的市民宅邸，这些房屋有宽敞而体面的门廊、古雅精致的木结构小屋，以及明亮雅致的山墙。这条巷子之所以显得格外友好、舒适且通透，是因为房屋只有一侧，而街对面只是一道木梁支撑的低矮墙垣，墙根下便是静静流淌的小河。

制革巷既长且宽，明亮宽敞，气派十足，而弄鹰巷则恰恰相反。这里的房屋歪斜而阴暗，墙皮斑驳剥落，山墙前倾，像是砸歪了的钉帽。门窗多是破损后修修补补的，烟囱歪斜，屋檐排水槽也破损不堪。这些房屋挤占着彼此的空间和光线，巷道狭窄弯曲，显得光怪陆离，常年笼罩在昏暗之中。一到雨天或日落之后，更是化作一片潮湿阴冷、恶意满溢的黑暗。巷子里几乎每扇窗前都悬挂着用杆子或绳子晾晒的衣物。尽管弄鹰巷破败又逼仄,却有很多人在这里安家,更别提那些被层层转租的底层住客和行脚旅人了。这些年久失修的破败斜屋里,每个角落都住得满满当当。贫穷、罪恶和疾病在这里扎根。警察和医疗部门为应对这条小巷带来的麻烦所花费的精力,比全镇其他地方加起来还要多。若有伤寒暴发,源头一定在这里;若有凶案发生,地点多半也在这里;若城里某处失窃,调查的第一站必定是弄鹰巷。那些走街串巷的行脚商人常在此落脚,其中包括滑稽的清洁粉推销员霍特,还有磨刀匠亚当·希特尔,一个传说中恶贯满盈的传奇罪犯。

上小学的时候,汉斯曾是弄鹰巷的常客。他经常和一群稻草色头发、衣衫褴褛、看上去不太正经的孩子一起,围在臭名昭著的洛特·弗罗米勒身边,听她讲那些杀人故事。这位洛特是一个小酒馆老板的前妻,进过五年的劳改营。她当年是个名噪一时的美人,在工厂工人中有着一大批追求者,并多次成为丑闻和持刀斗殴事件的导火索。如今,她孤身一人,每天在工厂关门之后,煮着咖啡,讲着故事,就这样打发傍晚的时光。她的房门总是敞开着,除了那些女人和年轻工人外,门口还常常聚着一群邻家的孩子,兴致勃勃又浑身发抖地听她的故事。黑色的石头灶台上,水壶里的水正咕嘟咕嘟地冒着热气。旁边燃着一根廉价的板油蜡烛,与煤火那微蓝的火焰一起,将挤满了人的房间映得忽明忽暗。听众的影子在墙壁和天花板上被拉得又长又大,随着烛火和炉火的跳动,仿佛鬼影幢幢。

就在那里,八岁的汉斯认识了雀脚两兄弟,尽管父亲严格禁止,他还是和他们维持了一年左右的交情。这两个孩子分别叫多尔夫和埃米尔,是全镇最滑头的街混子,以偷摘水果和在树林里搞些小破坏而声名狼藉,是各种小伎俩和恶作剧的行家里手。此外,他们还用鸟蛋、铅弹、小乌鸦、椋鸟和兔子做起了小买卖。他们偷偷地在禁渔区夜钓,对城市里的每一座花园都了如指掌——无论是很尖的篱笆还是插满玻璃碎片的墙,都抵挡不住他们卓绝的翻墙术。

在弄鹰巷,汉斯最亲密的伙伴其实是赫尔曼·右安。他是个孤儿,身体孱弱,早熟,与其他孩子截然不同。他一条腿严重畸短,不得不终日依靠拐杖行走,无法参与街头巷尾的游戏。他瘦削的脸上常年笼罩着一层苍白的忧伤,嘴角过早显露出苦涩的弧度,尖细的下巴格外显眼。然而,他在各种手艺活上有着非凡的天赋,尤其痴迷于钓鱼,并把这份热情传递给了汉斯。那时候,汉斯还没有钓鱼许可证,但他们仍偷偷摸摸地在不容易被发现的地方垂钓。因为众所周知,如果打猎是一种乐趣,那么偷猎更是极致的享受。跛脚的右安教会了汉斯如何削制合适的钓竿,如何用马鬃编绳、给鱼线染色、拧线圈和打磨鱼钩。他还教汉斯观察天气、研究水流、用麦麸将水搅浑、挑选合适的鱼饵并正确地固定在钩上。他手把手教汉斯学会辨别鱼种,细听鱼儿上钩的动静,把控鱼线的深度。他无须言传,仅凭身教和陪伴,便将所有钓鱼的诀窍和对提线或松线时机的敏锐感知传授给了汉斯。这手的灵敏度,正是精准钓鱼的核心所在。右安对那些商店里售卖的精致钓具,无论是竹竿、软木漂还是玻璃丝鱼线,全都嗤之以鼻。他成功地让汉斯接受了他自己的信念:除非钓具的每一个零件都由自己亲手制作并组装,否则根本无法钓到鱼。

汉斯与雀脚两兄弟最终因争吵不欢而散,而与那个沉默的跛足少年右安的分道扬镳则没有任何争执在先。在一个二月天里,右安静静地躺在自己那张简陋的小床上，将拐杖放在椅子上的衣服上面，开始发起了高烧，不久后便平静地与世长辞。弄鹰巷很快就将他遗忘，只有汉斯还怀念着他，怀念了很久。

然而，跛脚少年并不是弄鹰巷里唯一的奇人。谁不认识那位因酗酒被炒了鱿鱼的邮递员罗特勒呢？他平均每隔十四天就会醉倒在街头，或者制造一些夜间场的闹剧，但平日里却像个孩子一样，总是带着充满善意的笑容。他会拿出自己的椭圆形鼻烟盒让汉斯吸着玩，也时不时会收下汉斯送的鱼，用黄油煎熟后邀请汉斯一起享用。他家里还有一只经过填充制作、嵌着玻璃眼珠的鸢鹰标本，以及一个老旧的八音盒，能奏出音色轻细、悠扬的过时舞曲。谁又不知道那个年迈的机械师波尔施呢？即使打赤脚的时候，他也从不忘戴上他的法式翻袖。这位严厉乡村教师家庭出身的技工能背诵半本《圣经》，还塞满了一脑袋的谚语和道德箴言。尽管如此，这并未妨碍他在女人面前扮演情场浪子，还经常喝得酩酊大醉，哪怕他已经满头鹤发。他喝高了的时候，喜欢坐在吉本拉特家角落的路墩上，挨个叫住路过的人，按名字打招呼，并慷慨地用他的格言警句招待他们。

"汉斯·吉本拉特小少爷，我亲爱的孩子，听我说!《西拉书》怎么说的？有福的人不会出坏主意，也因此不会有坏良心！正如美丽的树上总有绿叶，一些落下，一些新生，人们的命运也一样：有些死去，有些出生。好了，现在你可以回家了，你这个小海豹。"

这位老波尔施，尽管常挂在嘴边的是虔诚的箴言，但内心却充满了关于魑魅魍魉、奇闻逸事的种种传说。他熟知许多传说中闹鬼的地点，却对自己故事的真假始终游移于信与不信之间。他通常以一种半信半疑、半夸耀半不屑的语气开始讲述，仿佛既在嘲笑这些故事，又在调侃听众。然而，随着情节的发展，他的态度逐渐显得谨慎而敬畏，隐隐透出恐惧，声音越来越低，最后总以一种低沉、深入人心又令人毛骨悚然的语调结束。

这条可怜的小破巷子里，到底埋藏了多少令人不安、扑朔迷离又充满神秘诱惑的故事啊！巷里曾住着锁匠布伦德勒。自从他的生意破产，那间废弃的作坊彻底荒废之后，他便终日半躺在小窗边，阴沉地注视着街上热闹的景象。邻居家那些衣衫褴褛、蓬头垢面的孩子一旦落到他手里，便会被他出于恶意的快感折磨得哇哇直哭：揪耳朵、扯头发，掐得他们浑身青一块紫一块。可有一天，他被人发现吊死在自家楼梯上，用的是一根锌线。他的死状极为可怖,面容扭曲得令人不敢靠近。最后,还是那老技工波尔施用一把铁皮剪从背后剪断了锌线。尸体随即向前倒下,舌头伸得老长,咚咚地顺着楼梯滚了下来,正好跌到惊恐万状的围观者中间。

每当汉斯从明亮宽敞的制革巷踏入阴暗潮湿的弄鹰巷时,一股奇异的沉闷空气便伴随着一种既愉悦又令人毛骨悚然的压迫感袭来。这种感觉混杂着好奇、恐惧、愧疚与对冒险的甜蜜预感。弄鹰巷是唯一一个仍有可能发生童话、奇迹或惊天骇闻的地方。在这里,巫术与鬼怪的存在显得真实可信,你能感受到那种既痛苦又令人陶醉的战栗,就像在读传奇故事和总是会被老师没收的罗伊特林根民间故事书一样。这些故事血腥刺激,讲述了"太阳客栈老板""剥皮汉内斯""刀匠卡尔""邮差米歇尔"等暗夜英雄、穷凶极恶的罪犯和冒险家的种种罪恶行径及其所受的惩罚。

除了弄鹰巷,镇子里还有另一个与众不同的地方,在那里,你可以期待奇遇和奇闻,甚至还会在幽暗的阁楼与奇异的房间中迷路,那就是附近的大制革厂。这是一座古老而巨大的房子,半暗的阁楼上挂着巨大的兽皮,地下室中有隐秘的坑池和禁入的通道。而到了晚上，莉泽便在那里为孩子们讲述她那动人的童话故事。那里比弄鹰巷更安静、更友善，也更有人情味，却同样笼罩着一层神秘的氛围。制革工人在坑洞、地窖、鞣皮工场和阁楼晾晒间里忙碌的身影显得既奇特又古怪。那些张开幽幽大口的宽大空间静谧得令人着迷，却又带着一丝让人不寒而栗的恐怖。而那位威严冷峻的屋主，如同一个吃人的巨怪般令人畏惧，人们纷纷避开他。至于莉泽，她如同仙女一般游走在这座神秘的大宅子里，是所有孩子、鸟儿、猫咪和小狗的守护者与母亲，心怀善意，用她那些奇妙的童话和歌谣编织出一个充满安全感的小天地。

　　此刻，少年的思绪和梦境都徘徊在这个早已与他疏离的世界里。他从深深的失望和绝望中逃离，回到了过去那段美好的时光。那时，他仍满怀希望，眼前的世界宛如一片巨大的魔幻森林，深邃的密林中隐藏着可怕的危险、被施了咒的宝藏和翡翠般的城堡。他曾试图迈入这片神秘的荒野，却在奇迹降临前便疲惫不堪。而今，他又站在那迷雾笼罩的神秘入口前，只是这一次，他是一个被拒之门外的旁观者，带着无所事事的好奇心注视着这片森林。

　　汉斯几次重返弄鹰巷，那里依旧笼罩着过去的幽暗，弥漫着熟悉的恶臭。那些昏暗的角落和无光的楼梯间依然如故；门前坐着老态龙钟的老人和妇女，四周是一些肮脏的、稻草色头发的孩子，伴着嘈杂的叫喊嬉闹着。机械师波尔施显得更加苍老了，甚至已经认不出汉斯是谁，对他的羞怯的问候只报以一阵刻薄的冷笑。人称"加里波第"的格罗斯约翰已经去世，洛特·弗罗米勒也已经不在人世。邮递员罗特勒倒是还在，他抱怨孩子们弄坏了他的音乐盒，随后请汉斯吸鼻烟，还企图向他讨钱。最后，他说起了雀脚两兄弟，其中一个如今在雪茄厂干活，贪杯起来像个老酒鬼；另一个在教堂节期间参与斗殴后逃之夭夭，至今已有一年杳无音讯。一切都显得凄凉而令人沮丧。

有一次，他在傍晚时分走进了制革厂。他沿着门廊穿过湿漉漉的院子，仿佛那座巨大而古老的房子里藏着他的整个童年，连同那些早已失落的欢乐记忆。

他沿着歪斜的楼梯走过石板铺成的小径，来到了那条通往阁楼的昏暗台阶。他摸索着走到晾晒间，那里挂满了成排的拉伸开的兽皮。他深吸了一口带有浓烈皮革气味的空气，顿时一大团记忆的云雾汹涌而出。他又走下楼梯，来到后院，那里有鞣制皮革用的浸槽，以及狭窄屋檐下的高高木架，用来晾晒鞣皮工具。果然，莉泽正坐在墙边的长凳上，面前摆着一个装满土豆的篮子，她正在削土豆皮，旁边围着几个听故事的孩子。

汉斯站在昏暗的门口，静静地听着。暮色渐深，制革厂的后院笼罩在一片深沉的宁静之中。院墙外，河水轻轻地潺潺流淌，耳边传来莉泽削土豆时刀刃与土豆皮摩擦的轻微声响，以及她低柔的讲述声。孩子们蜷缩着坐在地上，安静得几乎不动。莉泽正在讲圣克里斯托弗的故事，说到深夜里，一个孩子的声音如何呼唤他，让他帮助自己渡过湍急的河流。

汉斯听了一会儿，然后悄悄穿过黑暗中的甬道，回到了家。他意识到自己终究无法重新成为一个孩子，无法像过去那样，晚上坐在制革厂的后院听莉泽讲故事。从此，他不再踏入制革厂，也再没去过弄鹰巷。

第六章

已是深秋时节，黑色的松林间点缀着零星的阔叶树，金黄与红色宛如火炬般映照。山谷中早已升起浓雾，清晨的河面也氤氲着凉意。

那位面色苍白的前神学院学生依然每天在野外漫无目的地游荡，无精打采，疲惫不堪，对本来就为数不多的社交机会避之不及。医生为他开了滴剂、鱼肝油、鸡蛋和冷水浴的处方。

但所有这些疗法收效甚微也不足为奇。每一种健康的生活都需要一个目标和意义，而年轻的吉本拉特早已失去了这两样东西。他的父亲终于下定决心，让他要么做个书记员，要么学一门手艺。尽管这少年的身体仍然虚弱，还需要一段时间来恢复元气，但他的未来已经迫在眉睫，不得不尽快认真考虑了。

自从最初那些令人困惑的感受逐渐平息下来，再加上他自己对自杀的念头也不再当真后，汉斯的心境从那种令人不安的、变化无常的恐惧缓缓转入一种持续的忧郁。这种情绪像一片柔软的泥沼一般，将他慢慢吞噬,他却无力挣扎。

如今,他在秋天的田野上徘徊,任由季节的氛围侵蚀他的心灵。深秋的余韵、静静飘落的枯叶、草地逐渐褪去的绿意、厚重的晨雾以及植被那种成熟而疲倦的归宿感,将他推入一种沉重而无望的心境,充满了悲伤的遐思,就像所有生病的人在这一季节都能感受到的那样。他渴望随万物一起凋零、沉睡、消亡,却又因青春的本能抗拒死亡。这种默然而顽强的求生欲让他内心挣扎,痛苦不堪。

他看着树木的叶子从金黄变为褐色,最终化作光秃的枝干;看着乳白色的雾气从森林间缓缓升起;看着果园在最后一次采摘后失去了所有生机,就连色彩斑斓的紫苑也孤独地凋谢,无人问津。他还看着那条河流,曾经供人游泳和捕鱼的地方如今一片沉寂,河面漂浮着一层厚厚的枯叶,结霜的河岸上,唯有那些坚韧的制革工人仍在劳作。这几天,河水卷来了大量果渣,因为所有榨汁工厂和磨坊都在忙着榨苹果汁。整个小镇的街巷都弥漫着微微发酵的果汁香气。

在下游的磨坊那里,鞋匠弗莱格也租了一台小型榨汁机,还特意邀请汉斯一起来榨苹果汁。

在磨坊前的空地上,摆满了大大小小的榨汁机,装满水果的车子、篮子和袋子，还有双耳大木桶、可以背的桶、可以提的桶以及各式各样的盛酒器。四周堆积着如山的褐色果渣，木制杠杆、手推车和人力车杂乱地散落其间。榨汁机正开足马力运转，发出咯吱声、尖叫声、低沉的轰鸣和尖锐刺耳的呻吟。大多数榨汁机都被刷成了绿色，这种绿色与果渣的棕黄色、苹果篮子的彩色、清澈河流的浅绿色、赤脚孩子的活泼身影以及明朗的秋日暖阳交相辉映，为每一个看到这一景象的路人都带来一种强烈而迷人的感受：一种洋溢着欢乐、生之愉悦与丰收富饶的气息。苹果在榨汁机中被碾压时发出的咯吱声，带着一种酸涩而诱人的音调，让每个路过听到的人都忍不住抓起一个苹果，咬上一口。从管子里涌出的浓稠的苹果汁，甜美又新鲜，呈现出红黄相间的色泽，在阳光下闪耀着欢快的光芒，让每个路过的人都忍不住停下脚步，讨一杯来尝尝。一口下去，那甜美的滋味立刻化作一股暖流，充满全身，令人驻足，眼角湿润。而这甜蜜苹果汁的香气，也在空气中四散开来，弥漫四周，洋溢着欢愉、浓郁和迷人的气息。这香气堪称一整年精华的结晶，是成熟与丰收的象征。在冬天即将来临之际，深深吸入这股香气，不禁让人心怀感激地回忆起许多美好而奇妙的事物：温柔的五月细雨、轰然的夏日骤雨、清凉的秋晨露珠、和煦的春日暖阳，以及炽烈的盛夏酷暑；让人想到那白色与粉红色交织的苹果花盛放枝头的美景，以及丰收前果实成熟时果树散发出的红棕色光泽，还有这一年中所有令人愉悦与动容的美好与欢乐的瞬间。

这是每个人都觉得幸福的辉煌时刻。那些有钱人和炫富精，只要肯屈尊亲自到场，就会拿着他们那饱满圆润的苹果在手中掂量，清点着自己的一打又一打用来装苹果的袋子，拿出银质的小杯试尝，并且不忘让人知道他们的苹果汁里绝不会掺一滴水。而穷人们一般只背着一袋苹果，试尝时用的是玻璃杯或陶碗，还要加水稀释，但他们的自豪与快乐毫不逊色。那些因种种原因无法自己榨果汁的人，则穿梭于亲朋邻里之间，从一台榨汁机跑到另一台，总会有人递给他们一杯苹果汁，或者塞给他们一个苹果。他们还会通过一些颇为专业的点评，来显示自己对这项技艺同样在行。许多孩子，无论贫富，都攥着小杯子到处跑，每个孩子的小手里都拿着一个咬了一口的苹果和一块面包。因为这里自古就有这样一个毫无根据的说法：榨苹果汁时多吃点面包，就不会闹肚子。

百来个声音交织在一起喧嚣不已,更不用说孩子们的吵闹声了,而所有这些声音都透着忙碌、激动而欢快的情绪。

"喂,小汉斯,过来呀!来这边儿,再来一杯!"

"谢了,我这肚子已经翻江倒海了。"

"你搞这一担花了多少钱?"

"四马克,不过这可是尖儿货。来,尝一口!"

偶尔会发生点小事故,一个苹果袋突然裂开,苹果全滚到了地上。

"天哪,我的苹果!看什么看,快来搭把手啊!"

于是人们都开始帮忙拾苹果,只有几个小淘气趁机想揩油。

"听好了,不许偷拿,你们这群臭小子!想吃多少都行,就是别往兜里揣。给我等着,你这个小滑头,别跑!"

"嘿,老兄,别这么小气嘛!来尝尝这个!"

"简直跟蜜一样甜,真是蜜糖啊!你今年榨了多少啊?"

"两桶,不算多,不过味道真不错。"

"还好不是夏天榨汁,不然怕是一滴都没法剩下!"

这年也少不了那几位脾气不好的老家伙。他们自己早就不榨汁了,却总是自诩比谁都懂行,还总是动不动"想当年":想当年,水果几乎等于白送;想当年,所有东西又便宜又好;想当年,根本没人知道要往果汁里加糖;想当年,果树上结出的果子跟现在都不是同一种东西。

"跟你讲,当年那才叫丰收呢!光是我家那棵苹果树啊,就结了五担果子!"

尽管现在日子不好过,这些唠唠叨叨的老家伙今年还是试了个够。那些还有牙的,一个个啃着自家的苹果不放。有个家伙还硬吃了几颗大个儿的瓦德尔梨,结果肚子疼得要命。

"我就说嘛,"他絮絮叨叨地总结道,"想当年我能一口气吃它十个。"说完,他毫不掩饰地叹了口气,怀念起那些还能一口气吃掉十个瓦德尔梨却不会闹肚子的日子。

在一片喧闹声中,弗莱格先生的榨汁机稳稳地立在场地中央,由年长的学徒协助操作。他的苹果全是从巴登地区运来的,榨出的果汁一如既往地顶级。他心情平静而满足,对所有前来讨"免费试饮"的人一概来者不拒。他的孩子们则更加兴奋,跑来跑去,在人群中无忧无虑地嬉戏，尽情享受这热闹的场面。然而最开心的，或许还是他那位学徒，虽然他一声不吭，心中却很欢喜。这次能在户外好好活动活动，辛勤劳作一番，让他的每一块骨头都感到舒畅。这孩子出生于山上森林深处的一个贫穷农家，这甜美的苹果汁也让他喝得格外舒坦。他那健康的乡村少年的脸庞，笑起来活像森林精灵萨提里的面具，而他那双干粗活的鞋匠的手，洗得比任何一个星期天都干净。

刚到广场时，汉斯·吉本拉特显得沉默又紧张；事实上，他根本不想来。然而，他刚走到第一台榨汁机旁，就有人递给他一杯果汁，抬头一看，原来是纳绍尔德家的莉泽。他尝了一口，甘甜浓烈的果汁滑入喉咙，随之而来的是许多关于过去秋天的欢快记忆，一下子涌上心头。与此同时，他心里还生出一种难以言说的微妙渴望：想要融入这热闹的场景，重温一段轻松愉快的时光。熟人纷纷与他搭话，不断有人给他递上杯子。当他走到弗莱格先生的榨汁机旁时，广场上那种充满活力的欢乐氛围以及果汁甜美的滋味，已经彻底感染了他，令他原本沉闷的心情发生了转变。他愉快地向鞋匠打了个招呼，还随口讲了几个常见的关于榨汁的笑话。弗莱格先生掩饰住内心的惊讶，满怀喜悦地欢迎了他。

半个小时过去了,一个穿着蓝裙子的女孩走了过来,冲弗莱格和他的学徒笑了笑,然后开始帮忙。

"啊,是这样,"鞋匠说道,"这是我从海尔布隆来的外甥女。她可习惯了另一种丰收季:在她家那边,有那么多种葡萄酒呢。"

女孩约莫十八九岁年纪,身姿轻快活泼,是典型的斯图加特以北地区的女孩模样。个子虽不高,但身材匀称饱满。那张圆圆的脸上有一双温暖、聪慧又灵动的眼睛,以及一张美丽到让人忍不住想要亲吻的嘴唇,让她显得既俏皮又活泼。总的来说,她完全就是一个健康开朗的海尔布隆女孩,身上丝毫没有一点虔诚的鞋匠亲戚的影子。她全然属于这个世俗世界,她的目光也与那些每晚捧读《圣经》或戈斯纳《宝库》的虔诚信徒毫无相似之处。

汉斯的脸色突然黯淡下来,内心默默盼望艾玛赶快离开。然而,她却毫无要走的意思,继续笑着、聊着,每个玩笑都能轻松应对。汉斯感到尴尬,索性一言不发。汉斯本就害怕与那些必须用敬语称呼的年轻女孩打交道,而这个女孩如此活泼健谈,对他的存在和羞怯毫不在意,这让他既手足无措,又感到些许受伤。他像路边的一只被车轮擦过的蜗牛般,缩起触角,躲藏起来。他保持沉默,试图表现出无聊的样子,但未能成功,反倒做出一副如丧考妣的表情。

还好没人顾得上注意这些,尤其是艾玛。汉斯后来听说,她已经在弗莱格家住了两个星期,但似乎早已和整个小镇的人都混熟了。她到处跑动,与人打招呼,不分尊卑,试喝新鲜的苹果酒,开着玩笑,大笑几声,又回到榨汁机旁,假装忙得不可开交。她抱起孩子,分送苹果,所到之处总是充满热闹的欢笑声。她招呼着每个在街头巷尾乱窜的小孩:"要吃苹果吗?"接着便拿出一个漂亮的红苹果,把手藏到身后,让他们猜:"左手还是右手?"但答案永远是错的。直到男孩们开始大声埋怨,她才会笑着给他们一个苹果,不过却是个又小又青的。她似乎对汉斯的情况也有所了解,笑着问他是不是那个总是头痛的人。然而,还没等他回答,她便已经转头和邻居聊起了别的话题。

汉斯正琢磨着怎么找个借口溜回家去,弗莱格却把榨汁机的杠杆递给了他。

"来吧,现在该你接着干了。艾玛会在这儿帮你,我得去一趟作坊。"

师傅走了,徒弟被派去和师娘一起把榨好的苹果汁抬走，汉斯和艾玛就这样被单独留在了榨汁机旁边。他咬紧牙关，埋头用力，仿佛在和敌人较劲似的开始干活。

忽然，他觉得杠杆怎么这么沉，便抬头一看，艾玛已经笑得前仰后合。她居然调皮地故意用力顶住了杠杆。眼看汉斯气得又一次用力去拉，她竟再次故伎重施，乐得满脸通红。

他一言不发，继续推着杠杆，而对面是女孩的身体在用力与之抗衡。然而，不知为何，他突然感到一种羞涩的窘迫，渐渐地，他的动作慢了下来，直到完全停下。一种甜美的恐惧感涌上心头，而当女孩挑衅似的冲他直笑时，她近在眼前的脸庞在他眼中仿佛突然有了变化，既像是个亲近的朋友，又似乎更加陌生。汉斯也忍不住笑了起来，那笑容笨拙中透着几分亲昵。

杠杆终于彻底停了下来。

艾玛说道："咱们别那么卖力了。"然后把她刚喝过一口的半满的杯子递到了他的手上。

这口果汁在他嘴里的滋味比之前尝过的那些更加浓烈、更加香甜。喝完后，他盯着手中的空杯子，眼中满是渴望，同时又觉得奇怪：为什么自己的心跳得如此急促，甚至连呼吸都有些紊乱了呢？

接着，他们又干了一会儿活，而汉斯也不知道自己是怎么了，竟下意识地试图调整站位，让女孩的裙摆轻轻擦过自己，或者让她的手在劳作时不经意触到他的手。每当这样的触碰发生时，他的心便在一种充满恐惧的欢愉中猛地一顿，一种舒畅而甜美的虚弱感袭来，使他的膝盖微微发软，脑中嗡嗡作响，仿佛在眩晕中回荡。

他完全不知道自己在说些什么，但却和她一来一往地搭着话。她笑时，他也跟着笑；她胡闹时，他还几次用手指假装威胁她。随后，他又从她手里喝下了两杯果汁。与此同时，一大堆记忆片段在他脑海中飞速掠过：那些傍晚站在门口和男人聊天的女佣、故事书中的几句话、赫尔曼·海尔纳当年给他的那个吻，还有许多关于"那些姑娘"和"有个心上人是什么感觉"这种话题的闲言碎语、故事和同学之间隐秘的谈话。这一切涌上心头时，他喘得像一匹拉着重物爬山的马那样急促。

一切都变得不一样了。周围的人群和喧闹仿佛化作了一片色彩斑斓、欢笑飞舞的云雾。四处传来的说话声、咒骂声和笑声逐渐汇集成了一片模糊的嗡鸣，河流和那座老桥在远方显得恍若画中景致。

艾玛也变得与之前不同。他再也看不清她的整张面孔，只能看到她那双深邃欢乐的眸子、红润娇艳的嘴唇，以及嘴唇后面隐约露出的皓齿。她的身影模糊不清，只能捕捉到一些零散的细节——时而是半只鞋和上方的黛色长筒袜，时而是她颈后的几缕散乱的鬓发，时而是消失在蓝色布料中的那截晒成小麦色的圆润脖颈，时而是她紧实的肩膀和肩下起伏的呼吸，还有微微泛红、仿佛透着光的耳朵。

过了一会儿，她不小心将饮水杯掉进了木桶里，便弯下腰去捡。此时，她的膝盖在桶边无意间压在了他的手腕上。他也慢慢地弯下腰去，但动作比她慢一些，脸几乎碰到了她的头发。她的头发散发着一丝淡淡的香气，而在那柔软微鬈的发丝的阴影下，她美丽的颈后肌肤泛着温暖的棕色光泽，这光泽向下延伸至蓝色的腰部线条，而紧绷的扣子使腰部衣料微微绽开一丝缝隙，透出些微光亮，令他无法移开视线。

当她重新直起身来时，她的膝盖轻轻滑过他的手臂，发丝掠过他的面颊，那因弯腰而染上一抹绯红的脸庞近在咫尺。这一瞬间，一股强烈的战栗从汉斯的四肢涌过。他的脸顿时苍白，他感到一阵深沉的疲惫和无力，不得不紧紧抓住榨汁机的螺丝手柄来支撑自己。

他的心脏剧烈起伏,手臂变得无力,肩膀也隐隐作痛。

从那一刻起,他几乎不再开口,尽力避开女孩的目光。而每当她转过头去,他却会用一种复杂的神情紧盯着她——那是一种从未体验过的渴望与负罪感交织的眼神。在这一小时里,他内心的某些东西悄然断裂,而一个崭新、奇异且充满诱惑的世界在他面前展开,如同远方蓝色的海岸,映入他的灵魂深处。他尚未明白,或者说仅仅隐约感到,这种夹杂着忧惧与甜蜜的煎熬究竟意味着什么;他更无法分辨,到底是痛苦还是欢愉占据了上风。

这份欢愉象征着他青春爱欲的胜利,也标志着对那蓬勃生命的初次领悟;而那份痛楚则昭示了清晨的宁静已然破碎,他的灵魂也永远告别了那片无法重返的童年乐土。他那轻快的小舟,刚刚侥幸逃过了第一次沉没的危机,如今却驶入新的风暴,逼近暗礁与险滩之地。在这片危机四伏的水域里,即便是有良师益友陪伴,也无人能够真正为他护航,唯有凭借自己的力量,才能找到出路与救赎。

幸好这时学徒回来了,接替了他的位置。汉斯又待了一会儿,希望能再与艾玛有一次接触,或者听她对自己说一句友好的话。然而,艾玛已经跑到其他榨汁机旁，与陌生人聊得正欢。汉斯因为害羞，不好意思在学徒面前久留，过了不到一刻钟便悄悄溜回了家，连再见都没敢说一句。

一切都变得奇妙而不同，美丽且令人激动。那些吃果渣吃到肥壮的麻雀，嘈杂地穿梭于天空，而天空从未显得如此高远、纯净，蓝得如此深邃，令人心生向往。河流也从未映现过这样清澈、碧蓝、欢笑着的倒影，从未有过这样耀眼洁白、汹涌喧哗的堤堰。一切看起来仿佛是重新上色的装饰画，装在透明崭新的画框玻璃后面。一切都像是在等待着一场盛大的节日开幕。而在他自己的胸膛里，也涌动着一股压抑而强烈的波动，既甜美又令人不安，那是奇异大胆的情感与异常明亮的希望交织的感受，同时伴随着一种羞怯而充满怀疑的恐惧，害怕这一切只是幻梦，永远无法成真。这些复杂的情绪渐渐汇聚，变成了一股幽深的泉流，仿佛有什么过于强烈的东西在他的内心翻涌，渴望挣脱束缚，释放出来——或许是一声抽泣，或许是一段歌声、一阵呼喊，甚至是一场大笑。直到回到家中，这种激动才稍稍平息。然而，家里的一切依旧如常。

"你去哪了？"吉本拉特先生问道。

"磨坊那边的弗莱格家。"

"他们榨了多少？"

"大概两桶吧。"

汉斯提出，如果父亲也打算榨果汁的话，能不能邀请弗莱格家的孩子们一起。

"当然可以，"父亲咕哝着答应下来，"我下周就动手。到时候你就把他们叫来吧！"

离晚饭还有一个小时。汉斯走到花园里去。除了两棵松树，几乎没有什么植物还是绿色的了。他折下一根榛树枝，挥舞着让它在空气中发出飕飕声，并用它拨弄着枯萎的落叶。太阳已经沉到山后，山的黑色轮廓带着如发丝般纤细的松针剪影，清晰地勾勒出青蓝色的、湿润而澄澈的暮色天空。一片灰色的、狭长的云彩，带着些许黄色和棕色的余晖，像一艘归航的船一样，舒缓而惬意地沿着山谷升起，飘浮在轻盈的金色空气中。

汉斯被秋日晚景那成熟而浓郁的美以一种奇异而陌生的方式触动，他在花园里信步徘徊。他时不时停下脚步，闭上眼睛，努力回想起艾玛的模样：她站在榨汁机对面的姿态，她递给他杯中果汁的瞬间，她俯身在木桶上时的身影，以及她重新站直时绯红的双颊。

他的脑海中浮现她的头发、那被紧身蓝裙勾勒出的身形、她的脖颈，以及那被细密暗色的绒毛映衬出柔和棕色光泽的后颈肌肤。所有这些画面让他既愉悦又战栗，心跳加速。然而，无论他如何努力，却始终无法清晰地回想起她的脸庞。

太阳落山后，他感觉不到凉意，只觉得逐渐深沉的暮色如同一层薄纱，裹满了他无法言传的秘密。他隐约明白，自己已然爱上了这位来自海尔布隆的姑娘，但血液中苏醒的男性冲动对他而言只是模糊的感知，像一种陌生的、让人心绪难平又令人疲惫的状态。

晚餐时，他感到一种奇妙的变化，仿佛自己变成了另一个人，却依然身处熟悉的环境中。父亲、年迈的女佣、餐桌与餐具，甚至整个房间，在他眼中都仿佛一下子变老了。他带着一种惊讶、疏离又温柔的情感凝视着这一切，就像刚刚结束一场漫长旅程后归来。过去，当他沉浸在关于那根树枝的轻生念头中时，他注视这些人和事物，心中涌动的是夹杂着些许优越感的离别时的哀伤。而现在，这一切化作了归来的新奇、微笑，以及重新拥有的满足感。

吃完饭后，汉斯正准备起身时，父亲用他一贯简短的口吻问道："你是想当机械工呢，还是更喜欢当书记员?"

"什么意思?"汉斯惊讶地反问。

"你可以下周末去机械师舒勒那里报到,或者下下周去市政厅当学徒。好好考虑一下!咱们明天再说。"

汉斯站起身,走出了屋子。父亲突如其来的问题让他感到困惑与茫然。那种日复一日、充满活力与行动的生活,那种他已经与之疏远了好几个月的生活,就这样突然出现在了他的面前,既带着诱惑的面孔,又带着威胁的神情,一边承诺,一边索取。而无论是机械工还是书记员,他都提不起真正的兴趣。手工业那种严苛的体力劳动让他有些畏缩。这时,他想到了他的老同学奥古斯特,那个如今已经当上机械工的朋友,也许可以问问他。

他一边琢磨着这件事,一边感觉自己的思绪渐渐模糊,情绪也变得淡漠起来,事情似乎没那么急迫,也没那么重要了。然而,还有另一件事在他心头盘旋,令他无法安宁。他焦躁地在家里的走廊里来回踱步,忽然抓起帽子,推门而出,缓缓地走上街道。他突然意识到,今天一定要再见艾玛一面。

天色已暗。从附近的一家酒馆里传来喧闹的喊叫声和嘶哑的歌声。几扇窗户透出了灯光,四处零星的灯从窗户中渐次亮起,在漆黑的夜空中映照出一抹抹微弱的红光。一队年轻的姑娘挽着胳膊,伴着笑声和喧闹声欢快地沿街漫步。她们在昏暗的灯光下摇曳,宛如一股青春与欢乐的暖流,涌入这渐渐沉睡的街道。汉斯目送着她们的身影消失,心跳快得仿佛直冲喉咙。透过一扇挂着窗帘的窗户,可以听到悠扬的小提琴声。在井泉边,一个女人正在洗菜。而在桥上,两位小伙子正陪着他们的女伴悠闲地散步。其中一个轻轻地牵着女孩的手,随意地晃着她的胳膊,嘴里叼着一支雪茄;另一个则与他的伴侣紧紧依偎,缓步前行,他的手揽住她的腰,而她则将肩膀和头紧贴在他的胸膛上。汉斯曾无数次看到这样的场景,却从未留意。如今,这一幕却带着某种隐秘的意味,一种不甚明朗却充满诱惑与甜美的暗示。他的目光停留在那对情侣身上,遐想的翅膀隐约引领他接近某种即将彰显的真谛。他心头一阵压抑,内心被深深触动,他觉得自己正接近一个巨大的秘密,却不知等待自己的是甜美还是可怖。然而,无论哪一种,光是预感就已经让他战栗不已。

在弗莱格家的小屋前,他停下了脚步,却没有勇气走进去。他不知道自己进去后该干什么,又该说些什么。这让他想起自己十一二岁的时候,常常来这里听弗莱格讲《圣经》故事,而弗莱格还能耐心地回答他那些关于地狱、魔鬼和幽灵的无穷无尽的好奇提问。这些记忆让他感到不自在,甚至引发了一种隐约的负罪感。他不知道自己到底想做什么,甚至不知道自己究竟在渴望些什么,但却觉得自己正站在某种隐秘且禁忌的事物边缘。他感到,天黑后这样站在鞋匠家门口却不进去,仿佛是对弗莱格的一种冒犯。而如果弗莱格此刻看见他站在门外,或者刚好从门里走出来,大概不会责备,而是会嘲笑他。而这,才是他最害怕的事情。

他悄悄绕到房子的后面,从花园的篱笆望向那间灯火通明的起居室。他没有看到弗莱格师傅。鞋匠的妻子似乎正在缝纫或织毛线;家中最大的男孩还没睡,坐在桌边看书;艾玛则忙着收拾屋子,时不时在房间里走来走去,因此他只能偶尔瞥见她一眼。周围寂静无声,远处街巷中传来的每一个脚步声都格外清晰,连花园那边河流轻缓的水声也隐约可闻。夜幕降临,寒意渐浓。

起居室窗户旁的小过道里还有一扇窗户,里面黑着灯。过了很久,他看到一个模糊的身影出现在那窗前,倚着窗框,望向窗外的夜色。汉斯凭着身形认出是艾玛,心脏因紧张和期待几乎停止了跳动。她静静地站在窗前,久久地向这边看过来。然而,他不知道她是否真的看到了自己。他站在原地,一动不动,紧张得像被钉在那里,只能僵硬地望着她,同时怀着矛盾的心情,既希望又害怕她认出他来。

模糊的身影很快从窗边消失了,紧接着,花园的小门传来轻响,艾玛走出了屋子。汉斯一阵惊慌,刚想转身逃跑,却像被什么力量定在了篱笆边。他无力地倚靠着篱笆,看着女孩穿过漆黑的花园,缓缓朝他走来。每当她迈出一步,他都感到一股强烈的冲动,想立刻逃开;然而,又有一种更为强大的力量将他牢牢地牵制住,让他动弹不得。

艾玛此刻就站在他面前,离他不过半步之遥,只隔着一道矮矮的篱笆。她专注而奇怪地看着他,足足沉默了好一会儿,两人都没有开口。最终,她轻声问道:

"你想干什么?"

"没什么。"他答道。她对他说"你"的那一瞬间,他感到一种被抚摸般的轻柔的快意划过全身。

她隔着篱笆朝他伸出手。他小心翼翼地握住,有些害羞,但也带着几分柔情,轻轻地捏了捏。发现她并没有把手抽回,他鼓起勇气,用自己的手掌轻抚少女温润的手,动作轻柔又胆怯。而当她依然任由他握着时,他将那只手贴到了自己的脸颊上。一股难以言喻的愉悦、奇异的温暖和幸福的疲惫感涌遍了他的全身。周围的空气似乎变得温润而轻盈。他已看不见街巷和花园,只能看见一个近在咫尺的明亮面庞和一片散乱的深色发丝。

就在这时,他仿佛从遥远而深邃的夜晚中听见了一声轻语,那是女孩柔声在问:

"你想吻我吗?"

那张明亮的脸慢慢靠近,篱笆的木条因女孩身体的重量微微向外弯曲。她散发着淡淡香气的松软的头发掠过汉斯的额头。紧闭的眼睛被白皙的眼睑和浓密的睫毛遮盖着,近在咫尺。他的身子猛地一颤,怀着忐忑的心情,用颤抖的嘴唇轻轻触碰了女孩的嘴。然而他立即退缩了,可她用双手捧住了他的头,将自己的脸贴向他,不肯松开他的嘴唇。他感到她的嘴唇炽热,感到它紧紧地压着他,贪婪地吮吸着,仿佛要将他的生命吸走。一种深深的虚弱感涌上心头。在那陌生的双唇放开他之前,颤抖的愉悦还未消散便转化为一种令人窒息的疲倦与痛楚。而当艾玛终于松开他时,他摇摇欲坠,不得不用因过度用力而痉挛的指尖紧紧攀住篱笆。

"明晚再来。"艾玛说道,然后匆匆回到屋内。她离开的时间不过五分钟,可汉斯却觉得仿佛已经过了很久。他茫然地望着她离去的方向,双手仍紧紧抓住篱笆,感觉自己太过疲惫,连一步都无法迈出。他恍惚地倾听着自己体内的血流声,感到它在脑中轰鸣,以不规则的、痛苦的波动,从心脏涌出又返回,让他几乎无法呼吸。

汉斯看到屋内房门开启,鞋匠师傅走了进来,显然是刚从作坊回来。害怕被人发现的恐惧袭上心头,于是他匆忙离开。他步履缓慢、不情不愿、游移不定,就像是刚刚小酌了几杯一样,每走一步都觉得双膝发软,仿佛随时会瘫倒在地。昏暗的小巷在他眼前流动,昏昏欲睡的山墙和隐约透出红光的窗户犹如苍白的布景滑过,桥梁、河流、庭院和花园也一一消逝在他的视野中。制革巷的喷泉发出奇怪而洪亮的哗哗声。汉斯恍惚地推开一道门,穿过漆黑一片的走廊,爬上楼梯,推开一扇门又关上,再关上另一扇门。最终,他坐在一张桌边,过了很长时间,才恍然意识到自己已经回到了家中的房间。他呆坐了片刻，隔了好一会儿才终于下定决心上床睡觉。他心不在焉地脱下衣服，坐到窗边出神，直到秋夜的凉意扑面而来，这才让他不情愿地回到床上，枕着清冷的夜色躺下。

他以为自己会立刻睡着。然而，刚一躺下，身体微微暖和起来，心跳便再次猛烈加速，血液以不均匀而狂乱的节奏在体内翻涌。一闭上眼，他便感觉女孩的唇仿佛仍然贴在他的唇上，吻得他魂飞魄散，同时又令他周身发烫，痛不欲生。

他很晚才入睡，在梦中仿佛被追赶般，从一个场景逃到另一个。他站在一片令人不安的漆黑中，摸索着抓住了艾玛的手臂。她抱住了他，两人一起缓缓沉入一股温暖而深邃的洪流中。突然，鞋匠出现在眼前，问他为什么不再去看望他。汉斯不得不大笑起来，但随即发现那人并不是弗莱格，而是赫尔曼·海尔纳。他坐在毛尔布龙礼拜堂的一个窗台上，对他讲着笑话。然而，这一切立刻消散，他重又站在榨汁机旁，艾玛用力抵住杠杆，而他则竭尽全力与她抗衡。她俯下身来，寻找他的嘴唇。四周变得寂静无声，漆黑一片，而后，他又一次坠入那温暖而黑暗的深渊，在眩晕和濒死的恐惧中几乎被完全吞噬。同时，他隐约听见教务长在发表演讲，却完全不知道这演讲是否是冲着他来的。

然后，他一直沉沉地睡过了大半个上午。那是一个晴朗又金灿灿的日子。他在花园里来回踱步，试图让自己彻底清醒过来，却始终被一种浓稠的倦怠和昏沉笼罩着，仿佛脑海里充满了雾气。他看见花园里最后一簇深紫色的紫菀花依旧在阳光下美丽动人，笑意盈盈，仿佛还停留在八月的时光。他还看见温暖而亲切的光芒流淌在干枯的树枝、光秃的藤蔓和叶柄之间，仿佛是早春的景象。然而，这一切他只是看见，却无法真正被触动心弦。他觉得这些美景与自己无关。突然，一段清晰而强烈的记忆从过去袭来，带他回到了那时养着兔子，还有小水车和小锤磨机的花园。他想起三年前的一个九月天，那是色当战役纪念日前夕。奥古斯特来找他，还带来了常春藤。他们一起把旗杆擦得锃亮，又在金色的旗尖上绑上了常春藤，满怀着对明天的期待讨论着即将到来的节日。除此之外，并没有发生什么特别的事情，但两人都沉浸在节日的预感和无尽的欢乐中。旗子在阳光下闪闪发光。安娜烤了李子蛋糕，晚上还要在高高的岩石上点燃色当节篝火。

汉斯不知道，为什么偏偏在今天，他会想起那个夜晚，不知道为什么这段记忆会如此美丽又鲜明，也不知道为什么它让他如此痛苦和悲伤。他并未意识到，这段回忆的外衣之下，他的童年和少年时光正欢笑着最后一次在他面前浮现，向他告别，并留下了曾经拥有却再也无法重现的巨大的、幸福的刺痛。他只是感到，这段回忆与他对艾玛以及昨晚发生的一切的念头格格不入，而当年那种单纯幸福的感觉，在他内心深处也被某种完全不同的情绪悄然取代了。他仿佛又看见了金色的旗尖在闪闪发光，听见了好友奥古斯特的笑声，闻到了新鲜蛋糕的香气。这一切曾经是那么欢快而幸福，如今却变得遥不可及，仿佛完全属于另一个世界。他倚靠在那棵巨大的红松粗糙的树干上，终于绝望地抽泣了起来。这一场无助的痛哭，在那一刻竟带来了一丝安慰与解脱。

中午，他去找奥古斯特。如今，奥古斯特已经是高级学徒了，长高了不少，也变得结实了许多。汉斯向他提起了想要学做机械工的打算。

"这可不是什么容易事儿，"奥古斯特摆出一副老成持重的模样说道，"得仔细考虑。因为你啊，太弱了。在第一年，你锻造的时候得往死里敲打，但那锤子可不像汤勺那么轻巧。你还得搬铁块,晚上还要收拾工具。至于锉东西,那也需要力气。刚开始的时候,等你真正能上手前,只能用那些已经用废了的锉刀,这些玩意儿一点屁用都没有,滑得像猴屁股一样。"

汉斯顿时没了底气。

"那我要不还是别干了吧?"他小心翼翼地问道。

"去去去,我可没这么说!别那么不争气!不过,刚开始确实不好干,这可不是闹着玩儿的。但是,要是干下去,嗯,机械工可是一份体面的工作,你得有个好脑子,不然就只能去干粗铁匠的活儿。来,看看这个!"

说着,他拿出几块用亮钢制作的小型精密机械零件,递给汉斯看。

"是啊,连半毫米的误差都不能有。这些全都是手工做出来的,除了那些螺丝钉。这活儿啊,得眼睛够尖!这些零件接下来还要抛光和淬火,然后就完工了。"

"是啊,这看上去真不错。要是我知道能不能干得了……"

奥古斯特大笑了起来。

"怎么,害怕了?嘿,学徒小子,挨训、动不动就被收拾,那是跑不掉的,谁都得过这关。可别尿,我还在这儿呢,到时候肯定帮你。你要是下周五开工,我刚好第二年学徒期满,星期六还能领第一份薪水。星期天咱就庆祝,有啤酒、蛋糕,大家伙儿都来,你也得来凑凑热闹,看看我们这些人究竟什么样。怎么,傻眼了吧?再说了,咱俩以前不还是好哥们儿嘛!"

吃饭时,汉斯对父亲说他想学做机械工,问能不能八天后开始。

"那好吧。"父亲答道。下午他便带着汉斯去了舒勒的作坊,给他报了名。

然而,当天色渐暗时,汉斯几乎已经把这事抛在了脑后,脑子里只剩下一个念头:晚上艾玛还在等他。他的呼吸已经变得急促,时间对他而言时而慢得让人心焦,时而又快得让人猝不及防。他就像一名船夫冲向湍急的激流般,急切地奔赴这次约会。至于晚饭,更是不用说,他匆匆灌了一杯牛奶下肚,就出了门。

一切都像昨天一样:昏暗的街巷透着倦意,窗户透出红光,路灯投下朦胧的光影,还有恋人们慢悠悠地游荡着。

在鞋匠家的花园栅栏旁,汉斯突然感到一阵深深的不安,每听到一点声响都忍不住浑身一缩。他站在那里，在黑暗中听着动静，觉得自己简直像个贼。他等了还没一分钟，艾玛就已经出现在他面前。她用双手轻轻抚过他的头发，然后打开了花园的栅栏门。他小心翼翼地走了进去，而她拉着他的手，悄声走过两边长满了灌木的小径，穿过后门，进入了漆黑的过道。

他们并肩坐在地窖楼梯的顶端，过了好一会儿，才在黑暗中勉强看清彼此的轮廓。女孩心情不错，开始低声聊了起来。她早已有过接吻的经验，也对男女之事了如指掌，而这个腼腆又温柔的男孩正合她的心意。她把他瘦削的脸庞捧在手中，轻吻着他的额头、眼睛和脸颊。终于亲到嘴唇的时候，她又像上次那样一直吮着不放，就这样吻着。少年感到一阵眩晕，整个人无力地靠在了她的身上，完全听任摆布。她轻声笑了笑，随后轻轻拉了拉他的耳朵。

她不停地低声说着什么，而他只是听着，却根本不知道自己听到了什么。她用手轻轻抚摸他的手臂、头发、脖子和双手，又将脸颊贴在他的脸上，把头靠在他的肩膀上。他一声不吭，任由一切发生，内心充满了一种甜蜜的战栗，同时感到深深的不安，带着一丝幸福。时不时地，他会像个发热的病人一样，短暂而轻微地打个战。

"你可真是个大木头!"她轻笑着,"什么都不敢。"

她握住他的手,引导着这只手滑过自己的后颈,穿过发丝,然后放在胸口,并依偎了过去。他触碰到那柔软的轮廓,感受到一种甜蜜而陌生的悸动,不由得闭上双眼,仿佛整个人正在坠入一个无尽的深渊。

"别!别再这样了!"当她再次想要亲他时,他慌乱地推开她说道。她却轻声笑了。

接着,她把他拉得更近,用手臂环住他,将自己的身子紧紧地贴在他的身上。他在这温暖的触感中完全迷失了自己,什么话也说不出口。

"你也喜欢我吗?"她问道。

他想回答"是",却发现自己发不出声音,只能一个劲地点头。

她再次握住他的手,淘气地把它塞进了自己的内衣下面。当他感受到那陌生生命的脉动,她的呼吸如此炽热而切近,他的心跳仿佛瞬间停滞,呼吸也变得异常沉重,竟让他觉得随时有可能窒息。他慌乱地抽回了手,喘息着说:"我得回家了。"

他想站起来,但身子一晃,差点从地窖的台阶上摔下去。

"你没事吧?"艾玛惊讶地问。

"我不知道。我就是觉得……好累。"

他完全没注意到,在走向花园栅栏的路上,艾玛一路扶着他,还一直紧挨着他。他也没有听到,她轻声说了句"晚安"后,在他身后关上了小门。他茫然地穿过街巷回了家,却完全不知道自己是怎么走回去的。他只觉得像是被一场巨大的风暴裹挟着,或者被一股汹涌的洪流托起,摇摇晃晃地向前漂去。

他看向自己的左右两侧,看到苍白的房屋。他抬眼望向高处,那里是山脊、漆黑的松树尖顶、深邃的夜色,以及静静悬挂的巨大星辰。他感觉风在耳边呼啸。他听见河水冲刷桥墩的声音,看到河面倒映着花园、苍白的房屋、夜色、路灯和星光。

在桥上,他不得不坐下休息。他感到如此疲惫,几乎认为自己再也无法回到家里了。他坐在桥栏上,倾听着水流的声音——它拍打着桥墩,咆哮着冲向堰坝,在水磨的格栅处发出宛如管风琴般的低鸣。他双手冰冷,血液在胸膛和喉咙间断断续续地奔涌,忽而滞涩停顿,忽而急促翻涌,令他的眼前一片昏暗。紧接着,血液又猛地涌向心脏,大脑则陷入了彻底的眩晕之中。

汉斯终于回到了家,找到了自己的房间,倒在床上，立刻昏睡过去。在梦中，他仿佛从一个深渊坠入另一个深渊，穿越着广袤无垠的空间。他在午夜时分醒转，感到身心俱疲，痛苦难挨，在半梦半醒之间辗转到天亮，心中翻涌着难以遏制的渴求，在一些无法掌控的力量中挣扎不休。最终，当晨曦初现，他所有的痛苦和压抑都化作一阵长久的哭泣。他枕着泪湿的枕头，再次沉入了睡梦。

第七章

吉本拉特先生庄重地忙着操作榨汁机,发出阵阵噪声,汉斯就在一旁帮忙。鞋匠家的孩子来了两个,正忙着处理水果,他们共用一个小小的试饮杯,小手里还攥着大块的黑面包。但艾玛并没有来。

直到父亲和制桶匠一起离开了半个小时后,汉斯才鼓起勇气问起她的事。

"艾玛呢?她不想来吗?"

小家伙们的嘴里塞得满满的,过了好一阵子才腾出嘴来回答。

"她走了呀。"他们说,还点了点头。

"走了?去哪儿?"

"回家了。"

"已经起程了?坐火车?"

他们再次用力地点了点头。

"什么时候走的?"

"今天早上。"

小家伙们又伸手去拿苹果,汉斯默默地压着榨汁机,盯着苹果汁桶发呆,慢慢开始明白了过来。

父亲回来了,大家继续干活儿,笑声此起彼伏。鞋匠家的孩子们道了谢,跑回了家。天渐渐黑了,他们也收工回了家。

吃过晚饭,汉斯一个人坐在自己的房间里。时间一点一点地过去,十点,十一点,他依然没有点灯。后来,他终于睡着了,这一觉睡得又深又长。

当他比平时更晚醒来时,心中只是模糊地感到一种不幸与失落,直到艾玛的身影重新浮现。她走了,没留下一句问候,也没有半句告别。毫无疑问,那天晚上他去找她时,她已经清楚自己什么时候会离开。他回想起她的轻笑、她的吻,以及那种带着优越感的漫不经心的态度。她根本没有把他放在心上。

愤怒和痛苦交织在一起,被激起却未得满足的爱欲化作一股混沌的煎熬,驱使他离开家,来到花园,从街道游荡到森林,最后又疲惫地回到家里。

就这样,他或许过早地窥见了爱情的秘密,但这对他而言更多的是苦涩,而非甜美。他的白天充斥着无谓的哀叹、深深的回忆和无尽的苦思冥想;他的夜晚则因心悸与压抑的窒息感辗转难眠,或陷入令人恐惧的噩梦之中。在那些梦里,他血液中无法言喻的悸动幻化成巨大的、骇人的画面——化作缠结致死的手臂、炽热注视的幻想、令人目眩的深渊，以及巨大的火焰之瞳。醒来后，他总是发现自己孤身一人，被清冷秋夜的孤独所包裹。感到对女孩的思念是如此的锥心刺骨，他将自己深深埋进被泪水浸透的枕头里，痛苦地呻吟着。

星期五就要到了，汉斯将在这一天正式进入机械工作坊学艺。父亲为他买了一套蓝色的亚麻工装和一顶蓝色的羊毛混纺帽。他试穿了一下，只觉得自己穿着这身钳工制服的样子既陌生又滑稽。当他路过学校、校长家、数学老师家、鞋匠弗莱格的作坊以及城区牧师家的时候，一种难以言说的苦涩便涌上心头。多少辛劳、努力和汗水，多少为之放弃的小小快乐，多少骄傲、抱负和充满希望的梦想，全都付诸东流。一切的一切，只换来了如今这样的结局：比所有同学都晚起步，被所有人嘲笑，成为作坊里最不起眼的小学徒！

海尔纳会怎么看呢？

慢慢地，他才开始接受那身蓝色的钳工制服，并对即将穿着它开始学徒生涯的周五生出了一丝期待。至少，那意味着又有新的事情可以经历了！

然而，这些念头不过是阴云密布的天空中偶尔闪过的电光罢了。女孩的离去,他始终无法忘怀,而更无法忘却或平息的,是那些日子里血液中被唤醒的躁动。这种渴求与冲动不断折磨着他,呼喊着渴求更多,渴望从这被唤醒的欲望中得到解脱,或者至少寻找一个引路人,来帮助他解开那些对他而言过于艰难的谜团。然而,孤立无援的他,只能在这种沉闷而痛苦的煎熬中,任时光一点点缓慢流逝。

这个秋天比往年更加美丽,柔和的阳光洒满大地,清晨泛着银辉,正午色彩斑斓、充满笑意,黄昏则澄澈透亮。远处的群山笼上一层深沉的天鹅绒蓝,栗树的叶子金黄耀眼,藤蔓般的野葡萄叶则以深紫的绚丽姿态垂挂在墙头与栅栏之上。

汉斯无法面对自己,整日在寻求逃避。白天,他在城里和田野间四处游荡,刻意避开他人,因为他总觉得自己爱而不得的苦恼已经写在脸上,一眼就能被人看穿。然而到了晚上,他却徘徊在街巷中,注视着每一个侍女,尾随每一对恋人,心中满是自责与羞愧。在他眼里,艾玛仿佛凝聚了生命中一切值得渴求的美好与神秘,而这一切又狡黠地从他手中溜走。他已不再记得曾在她面前感受到的窘迫和压抑,反而深信,如果能再见到她,他绝不会再胆怯,而是会从她那里掠夺走所有的秘密，彻底进入那片她曾让他窥见一角却又迅速关闭的伊甸园。他的整个想象力都迷失在这片闷热而危险的丛林里，犹如绝望的旅人被困在迷宫般的荆棘中。他固执地折磨自己，拒绝承认在这狭窄的魔咒之地之外，还有广阔、明亮而美好的天地正向他敞开怀抱。

终于，当那个他既期待又害怕的星期五到来时，他反倒松了口气。清早，汉斯穿上崭新的蓝色工作服，戴上蓝呢工作帽，稍显忐忑地沿着制革巷朝舒勒家的作坊走去。几位熟人好奇地盯着他看，其中一人甚至问道："怎么回事，你改行当钳工了吗？"

走进车间时，工人们已经忙得热火朝天。舒勒师傅正在锻造，一块烧得通红的铁块正放在铁砧上，一名工匠挥舞着沉重的前锤，舒勒师傅则熟练地操作铁钳，控制铁块的位置，间或用一把轻便的锻造锤进行精细的定型敲打。他不时在铁砧上敲出一串清脆的节奏声，响亮而欢快，穿过敞开的车间大门，回荡在早晨清新的空气中。

在那张因油渍和锉屑而变得黝黑的长工作台旁，站着一位年长的工匠，奥古斯特就在他身旁。他们正各自忙着操作自己的老虎钳。天花板上，一条条传动带飞快旋转，作为水力传动系统的一部分，驱动着车床、磨石、风箱和钻孔机。看到汉斯进来，奥古斯特向他点了点头，示意他在门口稍等，等师傅有空再说话。

汉斯则有些拘谨地环顾四周，目光停留在炉灶、静止的车床、飞转的传动带和空转的滑轮上。过了一会儿，师傅终于完成了手上的锻造工作，走过来，向他伸出一只温暖有力的大手，手上布满粗硬的老茧。

"帽子挂这儿。"他说，指着墙上一个空着的钉子。

"好了，过来吧。这是你的位置，还有你的虎钳。"

师傅领着汉斯走到最靠里的虎钳前，耐心地示范如何正确操作虎钳，并讲解如何保持工作台和工具的整洁有序。

"你父亲说过，你不是个大力士，看来确实没错。不过呢，你暂时还不用去做锻造类的活儿，那些等你长得结实些再说吧。"

说着，他从工作台下抽出一个铸铁齿轮递给汉斯。

"这样吧，你就从这儿开始学。这个齿轮是刚从铸造厂出来的，上面到处都是小凸起和毛刺，必须用锉刀刮平，不然后续精细加工的时候会损坏工具。"

他把齿轮夹在虎钳上，拿出一把旧锉刀，示范了一下如何操作。

"看,就是这样干。现在轮到你了。但记住,不能随便换其他锉刀!这些活儿够你忙到中午了。到时候,把成果给我看。做事时别管别的,只管老老实实照着做。当学徒,可不能太有自己的主意。"

汉斯开始试着动手锉那个齿轮。

"停!"师傅喊道,"不是那样,左手要这样放在锉刀上。还是说你是个左撇子?"

"不是。"

"好,那就这样干。慢慢来,会好的。"

说完,师傅回到了靠近大门的第一台虎钳前,继续忙活自己的工作。而汉斯则盯着他的背影,试着调整自己的动作。

刚动手锉了几下,他惊讶地发现材料竟然这么软,轻轻一刮就脱落了。后来才明白,那只是表面的一层脆薄铸皮,松散地剥落后,下面才是他真正需要打磨光滑的粗糙颗粒状铁质。他振作精神,认真地继续锉削。自从孩童时期那些游戏般的小手工以来,他已经很久没有体验过在自己双手下创造出看得见、用得着的东西的乐趣了。

"别急!"师傅从远处喊过来,"锉东西要讲究个节奏——一、二，一、二。而且得用上点巧劲，不然锉刀就废了！"

这时，最年长的工匠在操作车床，汉斯忍不住偷偷瞥了过去。一个钢制轴被夹紧在车盘上，传动带调整完毕后，轴开始飞速旋转，闪着光芒，嗡嗡作响。而工匠则稳稳地操作着刀具，从轴上削下一层纤薄如发、光亮无比的金属屑。

周围到处堆放着工具和材料：铁块、钢块、黄铜块、半成品工件、闪亮的小齿轮、凿子和钻头，还有各种形状的车刀和锥子。锻炉旁挂满了锤子、大号冲头、铁砧配件、钳子和焊接烙铁。一排排锉刀和铣刀整齐地挂在墙壁上。搁板上则散乱地放着油布、小刷子、砂纸锉、钢锯，还有油壶、酸瓶，以及装满钉子和螺丝的小盒子。几乎每时每刻，都有人在操作砂轮。

汉斯心满意足地注意到自己的双手已经变得乌黑，并暗自希望自己的新工装也能尽快显得陈旧些。在那些黑乎乎、满是补丁的工作服旁，这身崭新的蓝色工装显得格外扎眼和可笑。

随着上午渐渐过去，车间里逐渐多了一些外来的动静。附近机器针织厂的工人送来一些机器上的小零件，要求打磨或修理。一个农民进来，询问他送修的洗衣轧干机，听说还没修好后，他立刻破口大骂，满嘴脏话。随后，一位衣着考究的工厂主走了进来，师傅便带他去了隔壁的房间谈生意。

在这一切的间隙中，人们继续埋头工作，齿轮和传送带也平稳地运转着。而汉斯第一次感受到并领悟了劳作的赞歌——一种至少对初学者而言既令人感动又令人愉悦、让人沉醉其中的旋律。他觉得自己渺小的个体和微不足道的生活，已然融入某种宏大的节奏之中。

到了九点，作坊里迎来了短暂的休息时间，每个人都分到了一块面包和一杯苹果酒。直到这时，奥古斯特才正式和这位新晋学徒打了声招呼。他鼓励了汉斯几句，然后兴致勃勃地谈起即将到来的周日，计划和同事们一起挥霍他的第一份周薪。汉斯趁机问起自己正在锉的齿轮是做什么用的，这才得知它将是塔钟的一个零件。奥古斯特原本想给他演示一下这个齿轮将来如何运转，但此时首席工匠已经重新开始打磨，所有人便迅速回到了各自的工作岗位上。

上午十点到十一点之间，汉斯开始感到疲惫，膝盖和右臂隐隐作痛。他不停地换脚站立，偷偷伸展四肢，但收效甚微。于是，他放下锉刀，靠在台钳上稍稍休息片刻。此时,周围没有人注意到他。正当他站着歇息,听着头顶的传动带发出的嗡嗡声时,一阵轻微的眩晕感袭来,他不由得闭上了眼睛,短暂地停顿了一分钟。而就在这时,师傅正好站在他身后。

"怎么回事,这就累了吗?"

"嗯,是有点儿累。"汉斯承认道。

工匠们都笑了起来。

"没事,习惯了就好。"师傅平静地说道,"现在我来教你焊接吧。跟我来!"

汉斯好奇地看着焊接的过程。首先将烙铁加热,然后在焊接点涂上焊剂,接着,炽热的烙铁尖端滴下白色的金属,发出轻微的嘶嘶声。

"拿块布把这东西擦干净。焊剂会腐蚀,绝对不能留在金属上。"

之后,汉斯又回到了他的台钳跟前,用锉刀继续打磨那个小齿轮。他的手臂早就酸痛不已,而左手因为必须用力按住锉刀,已经变得通红,也开始隐隐作痛。

中午时分,当大工匠放下锉刀去洗手时,汉斯也把自己的工作成果拿给师傅检查。师傅大致看了看,说道:

"还行,就这样吧。你工作台下的箱子里还有一个一样的齿轮,你下午就接着干这个吧。"

汉斯随后也洗了手,离开了车间。他有一个小时的午饭时间。

到了街上,两个他以前的同学,现在是学做生意的学徒工,跟在他身后取笑他。

"考过州试的钳工!"其中一个喊道。

汉斯加快了脚步。他说不清自己是满足还是沮丧。车间里的工作其实让他自我感觉不错,但他实在是太累了,累得无可救药。

刚到家门口,正当他想着终于可以坐下来好好吃顿饭时,他突然想到了艾玛。他整个上午都没想起她,而此刻,前几天的痛苦又猛然压回心头,依旧沉重如初。他轻轻地上楼,走进自己的小屋,一头扑倒在床上,因深深的痛楚而低声呻吟。他想哭,但眼睛干涩得流不出一滴泪。他绝望地发现,自己再次被那种炽热的渴望折磨着——这渴望的目标依旧模糊不清,却如一场残酷的疾病,缓缓吞噬着他的内心。他昏头昏脑,喉咙因压抑的抽泣而火辣辣地疼。

午饭简直是一场煎熬。他不得不向父亲汇报早上的情况,还得忍受父亲不停地拿自己开玩笑,因为父亲心情很好。饭刚吃完,他就跑到花园里,在阳光下半梦半醒地消磨了一刻钟,然后便到了该回车间的时间。

上午的时候,他的双手就已经磨出了红肿的茧疤,现在疼得更厉害了。到了晚上,双手肿得厉害,碰什么都疼得受不了。而在下班前,他还得在奥古斯特的指导下,把整个车间彻底清扫干净。

星期六的情况则更糟。他的双手灼痛不已,磨破皮的地方已经长成了水疱。师傅心情不好,稍有不顺就破口大骂。虽然奥古斯特安慰他说,这种茧疤要不了几天就会结成老茧,手掌变硬之后就什么都感觉不到了,但汉斯依然感到极度沮丧。他一整天都盯着钟表,无精打采地刮着他的齿轮,满心绝望。

晚上收拾车间时,奥古斯特悄声告诉汉斯,他第二天打算和几个同事一起去比拉赫玩,肯定会热闹有趣,汉斯绝对不能错过。他让汉斯下午两点过来跟他碰头。尽管汉斯其实更想整个星期天都躺在家里休息,因为他感到疲惫又难受,但他还是答应了。回到家后,老安娜给他受伤的双手涂了一些药膏。他晚上八点就上床睡觉了,一直睡到第二天上午才醒,结果还得匆匆忙忙赶时间，才能和父亲一起去教堂。

吃午饭时，汉斯提起了奥古斯特，并说自己下午要和他一起到郊外走走。父亲没有反对，还大方地给了他五十芬尼，只是要求他务必在晚饭前赶回家。

当汉斯在明媚的阳光下漫步于街巷时，这是他几个月来第一次重新感受到周日的喜悦。经历了几天满手油污、四肢酸痛的工作日后，这条街道显得更加庄严，阳光更加明媚，一切都多了一层节庆般的美好气氛。他现在终于能理解那些坐在自家门前晒太阳的屠夫、皮匠、面包师和铁匠了，他们的神情是那样愉快自若，几乎带着一种王者般的从容。他再也不觉得这些手艺人是些可怜的粗人了。他注视着那些工人、学徒和伙计们成群结队地在街上散步，或成排走向酒馆。他们帽子斜戴，白衬衫的衣领干净整洁，身穿仔细刷洗过的周末礼服。即便并非总是如此，但大多数情况下，这些工匠们喜欢待在自己的圈子里：木匠和木匠为伍，泥瓦匠和泥瓦匠同行。他们互相支持，团结一致，维护着自己行业的尊严。而在所有这些行业中，钳工是最为体面的，而机械工，尤其被视为个中翘楚。这一切都令人备感亲切，尽管其中一些习惯略显稚拙甚至可笑，但它们背后蕴藏着手工业的美好与自豪。

这种传统至今仍散发出一种令人欣喜与钦佩的力量，即便是最不起眼的裁缝学徒，也能从中感受到一丝荣耀，而这种荣耀是那些工厂工人或商人永远无法拥有的。

当年轻的机械工们站在舒勒作坊门前时，他们显得从容而自信，偶尔向路过的人点头致意，同时和彼此闲聊。这让人清楚地感受到，他们是一个团结可靠的群体，即便是周日的娱乐时光，也无须外人加入。

汉斯对此也深有同感，并为自己成为其中一员而感到欣慰。但与此同时，他对即将到来的周日活动怀有一丝不安，因为他早就知道，这些机械工在享乐方面一向大方而放纵。说不定他们还会去跳舞呢，而汉斯不会跳舞。不过，除此之外，他决定尽力表现得像个男子汉，必要时甚至不惜冒着喝醉的风险。他还不习惯喝太多啤酒，抽烟也只是勉强练到可以小心翼翼地抽完一支雪茄而不至于难受或出丑的程度。

奥古斯特带着过节般的喜悦迎接了他。他告诉汉斯，虽然最年长的工匠不愿同行，但另一间作坊的一名工人会加入，四个人就足够把整个村庄搅得天翻地覆了。他还说，今天大家尽可以随意喝啤酒，费用全由他来承担。他递给汉斯一支雪茄，四个人随即慢悠悠地出发了。他们带着几分得意，悠闲而自信地穿过城镇。直到走到林登广场，他们才开始加快脚步，好确保能及时赶到比拉赫。

河面的倒影闪烁着蓝色、金色和白色的光辉，街道两旁几乎已落尽叶子的枫树和刺槐之间，温暖的十月阳光透过稀疏的枝丫洒落下来。高远的天空清澈无云，呈现出一片明亮的浅蓝。这是一个宁静、纯粹而温馨的秋日，一切关于夏日的美好记忆都像无忧无虑的微笑般弥漫在温和的空气中。在这样的日子里，孩子们常常忘记季节的流转，天真地以为还能找到鲜花；而那些年迈的老人则满怀遐思，从窗前或门前的长凳上神情恍惚地凝望蓝天，仿佛不仅是这一年，还属于他们整个人生的温暖记忆，都清晰可见地浮动在澄澈的蓝天上，轻盈地飞舞着。年轻人心情愉悦，各凭性情与喜好，用不同的方式赞美这美好的一天：或喝酒吃肉，或载歌载舞，或欢聚宴饮，或拳脚切磋。新鲜出炉的水果蛋糕香气四溢，酒窖中的苹果酒和葡萄酒正微微发酵。街边的小酒馆前或林登广场上，提琴和手风琴奏响欢快的乐曲，为这一年中最后的美好日子增添热烈气氛，邀请人们投入歌唱、舞蹈和情意绵绵的游戏之中。

年轻的小伙子们快步向前走着。汉斯嘴里叼着一支雪茄，装出一副漫不经心的样子，他自己也惊讶于这次竟然适应得不错，没有感到任何不适。一位工匠正讲述他的行旅经历，尽管他信口开河，但并没有人对此感到反感，因为这就是惯例。即便是最谦逊的手艺工匠，只要衣食无忧，又能在众人面前谈起自己的经历，总会用一种豪迈、自信，甚至带点传奇色彩的口吻回忆他的行旅岁月。手艺人游历生活中那浪漫的诗意，早已成为民间的共同财富。每个人都会在这传统冒险故事的基础上添加新意，注入自己的想象。而每个曾经历过游历岁月的难兄难弟，只要开始讲述，总会带着不朽的恶作剧大师的机智幽默，也少不了几分传奇行旅工匠的潇洒豪迈。

"就说我那时候在法兰克福吧，哎呀，那日子过得叫一个痛快！我跟你们说过没有？有个做买卖的阔佬儿，装模作样的油头滑脸货，想娶我师傅的女儿。结果呢，人家姑娘直接打发他走了，因为她心里早就惦记上我了。我们后来整整交往了四个月。要不是我后来跟她老爹杠上了，说不定现在我就在那儿当上门女婿了！"

然后他接着讲起他的师傅，说那个老东西是怎么想搞他的。那就是个没有半点人性的老家伙,有一次竟然不要命地伸手想打他。他一句话没多说,只是挥了挥手里的锤子,狠狠瞪了那个老家伙一眼。老头一看事情不妙,怕自己的脑袋真被开了瓢,立马灰溜溜地走了。结果呢,这厮货后来居然还写了一封信把他给解雇了。接着,他又讲起在奥芬堡那场轰动一时的斗殴——当时他们三个钳工,包括他在内,把七个工厂工人揍得半死。谁要是去奥芬堡,只管去找大个子乔治问问,他现在还在那里,当年的事他可是一清二楚。

所有这些故事都用一种冷酷而直白的语气讲述出来,同时也带着极大的热情和自豪。每个人都听得津津有味,并在心中盘算着,日后也要在别的地方,对着其他同伴,将这些故事再讲述一遍。毕竟,几乎每个钳工都曾拿师傅的女儿当自己的心上人,也都曾挥起锤子教训过刻薄的师傅,更不用说单枪匹马地揍翻七个工厂工人。这样的故事有时发生在巴登,有时是在黑森林,或者是在瑞士;有时挥动的不是锤子,而是锉刀,甚至是一根烧红的铁条;挨揍的对象也未必是工厂工人,也可能是面包师,或者是裁缝。尽管细节有所变化,但这些经典的行业传说永远是那么吸引人，百听不厌。因为它们既古老又精彩，最重要的是为这个行业增添了荣耀。当然，这并不是说过去以及现在的游历工匠中就没有真正的天才存在——无论是经历丰富的"生活大师"还是善于编织故事的"讲述天才"，这两者本质上，其实也并没有什么区别。

大家都听得很开心，尤其是奥古斯特，他听得如痴如醉，乐不可支。他不停地大笑，连连附和，感觉自己已经是半个正式工匠了。他一脸得意地吐出烟雾，一副轻蔑又享受的表情，烟圈在金色的阳光中慢慢散开。而那个讲故事的人则继续扮演着自己的角色，努力将自己加入这次聚会的行为表现得像是某种善意的屈尊俯就。毕竟，作为一个正式工匠，按理说他周日不该和学徒混在一起，更不该心安理得地用一个小伙子辛苦攒下的几个小钱来买酒喝。

一行人沿着顺河而下的乡间大路走了好一段，这时面前有两条路可选：一条是绕着山坡缓缓而上的行车道，另一条则是陡峭的近路，仅有前者的一半距离。他们选择了行车道，尽管这条路既漫长又尘土飞扬。毕竟，徒步小径是为工作日赶路或悠闲散步的绅士准备的，而普通百姓，尤其是在周日出游时，更钟情于乡间公路，因为这条路的诗意对他们来说依然鲜活。

攀爬陡峭的小路，是农夫或者城市里的自然爱好者才会干的事，那是一种劳作或运动，而不是普通人的休闲方式。相比之下，乡间大路才是他们的首选：既能悠闲自在地前行，还能边走边聊；既能保护靴子和周末的好衣服，还能看到马车和牲畜，与其他漫步者邂逅或同行；路上还能遇见打扮得漂漂亮亮的姑娘和唱着歌的年轻小伙儿。别人朝你喊上一句俏皮话，你可以笑着回嘴，也可以随意停下来闲聊，甚至追着姑娘们跑或者跟着她们一起大笑。到了晚上，若有积怨未解，还能通过拳脚分个胜负，解决争端。正如一个手艺学徒绝不会愚蠢到拿这热闹、舒适又充满乐趣的大路去换那冷清的小径，城市里的小市民也不会犯这样的错误。

于是，他们沿着行车道前行。这条路绕着山坡画出一道宽阔的弧线，显得平缓而友好，仿佛一个从容不迫的、无意耗费汗水的旅人。那名工匠脱下外套，用棍子扛在肩上，不再讲故事，而是吹起了大胆欢快、充满生气的口哨。他一路吹着，直到一个小时后，他们到达比拉赫。路上，汉斯被人开了几个玩笑，这并没有让他感到太过难堪，况且奥古斯特总是抢在他之前，热心地帮他挡了回去。现在，他们终于来到了比拉赫。

几个年轻人对于该去哪家小酒馆歇脚争论不休。"锚"馆的啤酒最醇,"天鹅"馆的蛋糕最香,而"尖角"馆老板的女儿是个出名的美人儿。最后,奥古斯特出面说服大家先去"锚"馆,他还挤眉弄眼地暗示,"尖角"馆可不会因为他们喝几杯啤酒就跑掉,之后再去也来得及。这提议得到了大家的一致同意。于是,他们穿过村庄,经过牲畜棚和摆满天竺葵的低矮农舍窗台,朝着"锚"馆走去。那金光闪闪的招牌在两棵茂盛挺拔的栗树上方,在阳光下熠熠生辉,仿佛热情地召唤着他们。然而,当他们到达后,却发现酒馆的室内座位已经人满为患,这让坚持要坐在里面的工匠颇为扫兴,无奈之下,他们只好在花园里找了个地方坐下。

"锚"馆在顾客眼中算是个高档场所,绝非那种传统的农家酒馆,而是一座现代化的红砖小楼,窗户特别多,室内也没有老式的长条木凳,而是摆满了椅子。墙上挂着五颜六色的铁皮广告牌,显得颇为时髦。这里还有一名穿着入时的女侍应,以及一位始终以一身时尚棕色西装示人的老板,他绝不会像寻常酒馆老板那样卷起衬衫袖子便出面招待。实际上,这位老板早已破产，不过他从自己最大的债主——一家大型啤酒厂主那里租回了这座房子，自此姿态显得更加高雅。酒馆的花园很简单，只有一棵刺槐树和一片铁丝网，铁丝网上种着攀爬的野葡萄，但目前只覆盖了一半。

"干杯，伙计们！"那工匠大声喊道，并与另外三人碰杯，为了显摆，他一口气把整杯啤酒喝了个底朝天。

"嘿，美丽的小姐，这杯里怎么没酒啊？再来一杯！"他对着女侍应喊道，一边把酒杯隔着桌子递过去。

啤酒非常美味，凉爽可口，苦味适中，汉斯心情愉快地啜饮着他的杯中物。奥古斯特则一副行家的模样，一边喝着，一边咂嘴，还悠闲地抽着烟，像个漏风的老炉子一般，这让汉斯暗自钦佩。

能够这样度过一个快活的星期天，坐在酒馆的桌边，像那些有资格、凭自己的努力享受这一切的人一样，与真正懂得生活和享受的人为伴，倒也不错。能和大家一起开怀大笑，偶尔自己也大胆讲个笑话，真的很开心。喝完啤酒后，用力把酒杯往桌上一搁，随意地喊上一句："小姐，再来一杯！"显得既畅快又颇有男子汉的派头。对着隔桌的熟人举杯致意，左手夹着已经燃到尽头的烟蒂，像其他人一样把帽子随意地往脑后一推，这种日子还真不赖。

随行的那个外来的工匠此刻也开始热络起来，开始讲起了他的见闻。他说起在乌尔姆有一个钳工，能一口气喝下二十杯啤酒，还是那种醇厚的乌尔姆啤酒。喝完之后，那人只是抹了抹嘴，说道："好，现在再来给我瓶上好的葡萄酒吧！"他还提到自己在坎施塔特认识一个锅炉工，那人能一口气吃下十二根脆皮肠，还因此赢下了一场赌局。不过，第二次有类似的赌局，他却输了。这次他夸下海口，要把一家小酒馆菜单上的菜从头吃到尾。结果，他几乎都要做到了，但菜单的最后列了四种不同的奶酪，当他吃到第三种时，实在顶不住了，他推开了盘子说："现在让我死了都比再吃一口强！"

这些故事也赢得了大家的热烈掌声，证明世界上确实存在那些耐力惊人的酒鬼和大胃王。每个人似乎都能讲出一个类似的英雄及其壮举。有人说："这是一个斯图加特人。"另一人则说："是个龙骑兵，我记得好像是在路德维希堡。"有人提到吃了十七个土豆，另一个则吃了十一个配着沙拉的煎饼。这些故事总是带着一种客观务实的态度被讲出来，而听众们则心满意足地感慨：这个世界上确实有许多奇妙的天赋和有趣的人物，其中自然也少不了那些怪人。这种听故事的满足感和实事求是的讲述方式，是每个老牌酒桌常客的传家宝，而年轻人也把这些传统模仿得惟妙惟肖，仿佛这是他们学习喝酒、谈论政治、抽烟、结婚甚至面对死亡的必修课。

喝到第三杯时，有人问道："这里有没有蛋糕？"叫来女侍应后才得知，居然没有蛋糕，这让所有人都异常恼火。奥古斯特站起来说："要是连蛋糕都没有，那咱们干脆换一家吧。"外来的工匠狠狠咒骂了一通这家酒馆有多么糟糕，而从法兰克福来的那位却主张留下，因为他已经和女侍应混熟了，还几次大着胆子抚摸她。汉斯看在眼里，这情景再加上酒意让他感到一种难以言说的兴奋。大家决定离开这里，他倒是有点庆幸。

"尖角"馆里相当安静，只有几位农民在喝今年新出坛的葡萄酒。这里没有散装啤酒，只有瓶装的，很快每人都被递上了一瓶。那位外来的工匠为了摆阔，给所有人点了一大块苹果蛋糕。汉斯忽然感到饿极了，接连吃了好几块。昏暗的灯光下，大家坐在老式棕色酒馆中宽大结实的壁椅上，感到既舒适又惬意。过时的碗柜和巨大的火炉隐没在半明半暗中,而一个用木条制成的大鸟笼里,两只山雀扑腾着翅膀。笼子里插着一枝红彤彤的满是浆果的花楸果,作为它们的食物。

老板走到桌边,向客人们致意,然后转身离去。大家短暂地陷入了沉默,过了一会儿,才重新聊了起来。汉斯小心翼翼地喝了几口那烈性的瓶装啤酒,心里有些好奇,不知道自己是否能把整瓶酒喝完。

法兰克福人又开始滔滔不绝地吹嘘起莱茵地区的葡萄园庆典、他自己的游历生涯和漂泊四方的日子。大家都兴致勃勃地听着,汉斯也笑得停不下来。

突然间,他意识到自己的状态有些不对劲了。每隔一会儿,房间、桌子、瓶子、杯子和同伴们都会融成一片柔和的棕色迷雾,只有当他努力振作精神时,这些才会重新变得清晰可见。有时,当谈话声和笑声变得愈加热烈时,他也会跟着大笑起来,或者说上一两句自己转眼就会忘掉的话。每次有人举杯,他都会跟着碰杯,直到一个小时后,他惊讶地发现自己的瓶子已经空了。

"你酒量不错啊,"奥古斯特说,"再来一瓶?"

汉斯笑着点了点头。他原本以为这种酒局是危险得多的事。而当法兰克福人开始唱起一首歌,大家都跟着一起唱时，他也放开嗓子，尽情地加入合唱。

这时，酒馆里渐渐热闹起来，又来了不少客人。老板的女儿也出来帮忙招待客人。她身材高挑，体态匀称，面容健康而端庄，一双深棕色的眼睛显得沉静而有神。

当她把新开的一瓶啤酒放在汉斯面前时，坐在他旁边的工匠立刻用他自以为优雅的词句对她献殷勤，但她视若无睹。也许是为了表明对那人的轻视，也许是因为汉斯那干净秀气的少年模样打动了她，她转过身来，飞快地用手轻轻抚了一下汉斯的头发，然后转身走回柜台后面去了。

那个已经喝到第三瓶的工匠跟了过去，想尽办法找话题跟她搭讪，却完全碰了壁。那个高挑的姑娘只是冷淡地看了他一眼，始终一言不发，不一会儿便转身离开了。他只好回到桌旁，用空瓶子敲着桌面，突然兴致勃勃地喊道："咱们乐和乐和吧，孩子们，干杯！"

接着，他讲起了一个十分下流的荤段子。

汉斯此时只能听到模模糊糊的声音混在一起。当他的第二瓶啤酒快见底时，连说话和笑都变得十分吃力。他想走到山雀的笼子旁逗弄一下那些小鸟，但刚迈出两步就感到一阵眩晕,差点摔倒,只能小心翼翼地退了回来。

从那时起,他的兴奋和欢快逐渐消退。他意识到自己已经喝醉了,欢聚痛饮这件事让他再也不觉得有趣了。他仿佛看见各种麻烦正在远方等待着他:回家的路、与父亲可能发生的争吵,以及明早必须返回车间的工作。他的头渐渐开始痛了起来。

其他人也已经喝得够多了。在一个稍微清醒的片刻,奥古斯特提议结账,掏出一枚塔勒,却只得回了寥寥无几的找零。他们一边说笑一边走到街上,被明亮的晚霞的光芒刺得睁不开眼。汉斯几乎站不稳,跟跟跄跄地靠在奥古斯特身上,由他拉着一步步往前走。

那个外来的工匠变得伤感起来。他唱着"明日我将离去",眼中竟然泛起了泪光。

本来大家是打算回家的,但当他们路过"天鹅"馆时,那名工匠却坚持要再进去喝一杯。就在门口,汉斯挣脱了他们。

"我得回家了。"

"你自己一个人连路都走不稳了。"那名工匠笑着说。

"没事,没事。我……真的得……回了。"

"那就至少再喝上一杯白酒吧,老弟!这能让你站稳脚跟,也能把你的胃变得舒服点。没错,你试试就知道了。"

汉斯感到有人往他手里塞了一小杯酒。他洒了大半,把剩下的一口咽下去,立刻感到喉咙里火辣辣地烧了起来。他恶心得浑身一颤,跟跟跄跄地走下门前的台阶,全然不知是怎么离开的。房屋、篱笆和花园像扭曲的幻影一般在他眼前乱成一团,晃个不停。

在一棵苹果树下,他倒在湿漉漉的草地上。一股接一股令人作呕的感觉、折磨人的担忧和不成形的思绪搅得他无法入睡。他觉得自己满身污秽,受到了羞辱。他怎么回家?要怎么跟父亲交代?明天又该怎么办?他感到自己无比疲惫和悲惨,仿佛需要永远地躺下休息、沉睡,并在无尽的羞愧中煎熬。他的头和眼睛都隐隐作痛,甚至连起身继续前行的力气都没有了。

突然间,就像一阵迟来的涟漪,一丝先前的欢乐短暂地回到了他的身上。他扮了个鬼脸,自言自语地唱道:

哦,亲爱的奥古斯丁,
奥古斯丁,奥古斯丁,

哦，亲爱的奥古斯丁，

一切全都随风尽。

歌声刚停，他的内心深处便传来一阵隐隐的刺痛。一股混乱的情绪如洪流般向他涌来，其中夹杂着模糊的回忆、羞愧与自责。他忍不住大声呻吟，随后扑倒在草地上，抽泣了起来。

过了一个小时，天色已暗，他站起身来，踉踉跄跄地迈开步子，艰难地向山下走去。

吉本拉特先生大发雷霆，因为他家那小子居然没回家吃晚饭。到了九点，汉斯还没回家，他便拿出很久没用过的一根结实的藤条：那臭小子以为自己已经不需要挨老子的教训了？等他回家，准让他尝尝厉害！

到了晚上十点，吉本拉特先生锁上了家门。他心想，如果这位少爷想在外面鬼混，那就随他在外头待着吧，看他能怎么办。

尽管如此，他并没有入睡，而是怀着越发增长的怒气一小时接一小时地等着，等着听到门把手被试探着拧开的声音，或者有人小心翼翼地按门铃的声音。他已经想好了接下来会发生的场景——那个在外面瞎逛的小混蛋，到时候有他好受的！那小子八成是醉成泥了，但他会让那小子立刻清醒过来。那个小混账、小骗子、可恶的家伙！即便得把他的每根骨头都打散，他也不会手软。

最后，疲惫终于战胜了他和他的怒火，令他沉沉睡去。

与此同时，那位被如此严厉威胁的汉斯，已经安静而沉默地在黑暗的河水中顺流而下了。厌恶、羞耻与痛苦都已从他身上褪去。秋日里墨蓝的清冷夜色笼罩着他那瘦小的身躯，黑暗的河水轻柔地拨弄着他的双手、头发和苍白的嘴唇。没有人看到他，除非是那只天未亮就出门捕猎的害羞的小水獭，它狡黠地注视着他，悄无声息地从他身边滑过。也没有人知道他是如何落水的。他可能是迷了路，在一处陡坡滑倒了；也可能是想要喝水，却失去了平衡。或许，那清澈美丽的河水吸引了他，让他俯身靠近。当夜色和苍白的月光以那样祥和、安宁的姿态向他展现时，他或许被心底的疲惫与恐惧驱使，悄然无声地投入了死亡的阴影中。

天亮之后，人们找到了汉斯，并将他抬回了家。惊恐万分的父亲不得不将藤条放在一旁，压下心中积攒的怒火。他没有流泪，也没有表露出太多的情绪，但在接下来的夜晚,他却又一次彻夜未眠,不时透过房门的缝隙,望向那个已经沉静下来的孩子。汉斯躺在干净的床上,他的额头依然光洁,他那苍白、聪慧的面容,似乎仍在诉说着他与众不同的气质,仿佛他天生就该拥有不同寻常的命运。他的额头和双手上有些微微发青的红色擦伤,而那张俊秀的面庞安详地沉睡着。白皙的眼睑盖住了双眼,而那微微张开的嘴角,看上去竟透出几分满足和近乎愉悦的神情。那模样仿佛昭示,这个少年在青春最绚烂的时刻猝然凋谢,被命运无情地从充满欢愉的生命轨迹上生生扯离。而那位疲惫、孤独且哀伤的老父亲,最终也未能抵挡这份带着微笑的假象,沉浸在幻觉所带来的短暂安慰中。

葬礼吸引了大批送行者和好奇的旁观者。汉斯·吉本拉特再一次成了众人瞩目的焦点,人们都对他的遭遇充满兴趣。而且这一次,他的命运也再次引起了老师们、校长和城区牧师的关注。他们全都穿着礼服大衣,戴着庄严的高顶礼帽,陪同灵柩前行,并在墓旁默立片刻,低声交谈。拉丁文老师显得格外忧郁,校长轻声对他说:"是啊,教授先生,这孩子本来大有可为。为什么偏偏总是那些最有才华的孩子,命运对他们如此无情呢?真是让人痛心。"

在墓旁,除了父亲和不停哭泣的老安娜之外,只有弗莱格师傅留下来,静静地与他们一同守望着那最终的送别之地。

"是啊,这事太叫人心痛了,吉本拉特先生,"鞋匠带着同情说,"我一直都很喜欢那孩子。"

"我真的不明白,"老吉本拉特叹了口气,"他那么聪明,一切都那么顺利,学校、考试……结果,倒霉事儿接二连三地来,真是祸不单行啊!"

鞋匠指了指那些穿着礼服大衣、从教堂墓园门口离开的绅士。

"瞧,那边有几位先生,"他轻声说道,"汉斯落到今天这步田地,那几位也没少出力啊。"

"什么?"吉本拉特猛地抬起头,既疑惑又惊恐地盯着鞋匠,"哎呀我的老天爷,这怎么可能呢?"

"您别激动,我的好邻居。"鞋匠平静地答道,"我只是说那些教书匠罢了。"

"什么意思?这话怎么讲?"

"唉,没什么。不过啊,您和我,咱们两位或许也对这孩子的身上有不少地方疏忽照管了,您不觉得吗?"

小镇上空是一片明朗的蓝天,河水在山谷间熠熠闪光，松林覆盖的山脉在远处柔和地泛着幽蓝色，仿佛带着一缕隐约的思念。鞋匠面带苦涩的微笑，轻轻挽起这位父亲的胳膊，而老吉本拉特则从这一刻的沉静与满溢着痛苦的思绪中，踌躇而局促地迈向他那平庸而习以为常的生活洼地。

译者闲话[①]
—— 揠苗之殇

当浙江文艺出版社的编辑通过复旦大学的李双志老师联系我,问我是否愿意翻译《在轮下》时,我的第一反应是:像这样的德语经典肯定已经有过多个译本,为什么还要再次翻译?当然,出版与否是出版社的决定,而是否翻译则是译者的自由。让我最终决定翻译这本书的原因是,如今孩子即将进入青春期,作为母亲,我开始对这个问题感到好奇:一百年前的德国乡村少年生活,究竟是否能与二十一世纪习惯于在社交网络上获取各种信息和资源的青少年们发生共鸣?

[①] 本书根据 *Jubiläumsausgabe zum hundertsten Geburtstag von Hermann Hesse* (Suhrkamp 1953/1988),参考 *Hermann Hesse Unterm Rad Roman Mit einem Kommentar von Heribert Kuhn* (Suhrkamp Basisbibliothek 34, Suhrkamp 2002/2017)译出。

在幸运地获得柏林文学研究会（Literarisches Colloquium Berlin，LCB）译者工作坊的邀请后，我也带着这个疑问来到万湖湖畔，与十几位或许是全德国最"咬文嚼字"的人共同探讨。我参加的译者工作坊原本仅邀请把外语译成德语的译者参加，近年来才向翻译德语文学至其他语言的译者开放申请。因此，在这个工作坊里，我和另一位阿根廷译者便战战兢兢地坐在八位以德语为母语的译者中间，各自选择了一位德国文化界的名家作为导师，在资深翻译家托马斯·布罗福特（Thomas Brovot）的引领下，经历了一场对德语表达方式与翻译理念的深度洗礼。

译者工作坊与柏林作家工作坊同时进行，这使我们有机会与新晋作家们短暂交流。在这从秋入冬的四周的周末里，我越来越清晰地意识到，译者对语言的贡献绝不亚于，甚至可能超过作家。作家的写作可以天马行空，但始终诉诸语言本身已经存在的语料库，以及单独个体的创造力。而译者在苦思冥想寻找恰当表达的过程中，为了传达外语作者的叙述效果，往往会不自觉地创造出母语者完全无法想到的语言运用方式，并且可以从多个不同的作者和多种文学体裁中汲取养料。文学翻译不仅仅是语言的转换，更是对语言活力的滋养，也是本土文化保持开放性和生机不可或缺的重要窗口。

在学习日耳曼语言文学专业时，我早已过了最适合阅读《在轮下》这本小说的年龄段，我对黑塞的了解除了文学史常识，也就仅限于他用色大胆、风格介于印象派和表现派之间的水彩风景画，尤其是他画笔下的山脉，总是呈现出一抹明亮的蓝色，令人不解。但是，当我在这次翻译工作中，从成长着的汉斯眼中，带着他的欢欣、骄傲、焦虑、绝望再去看待文中穿插的景色描写时，黑塞画作中的笔触和用色突然都充满了情感和意义。

在译完全书之后，我一度想要给这本书另外取名《揠苗之殇》。当然，原书名《在轮下》实际上是一个很有力量的标题，"在轮下"这个意象来自故事中，汉斯在修道院学校里，道貌岸然、已经不耐烦表演亲切的教务长试图"拯救"他的一次谈话。教务长用近乎严厉警告的语气对汉斯说："千万不要懈怠，前进的车轮是不会留情的。"这代表了当时的教育工作者对学业的理解：如果不努力前进，跟上别人的步伐，就要面临被碾压的危险。实际上，汉斯作为一个寄托了小镇希望的天才学子，后来的遭遇也确实如此。然而在阅读的过程中，我发现，"车轮"绝对不只是一种比喻，而是作为实体从头到尾都占据高光：汉斯去斯图加特考试前就已经把自己小时候手工制作的玩具水车弄断了，以纾解郁闷；而在学业失败，他回到小镇尝试学钳工手艺的时候，用锉刀打磨的也正是一个齿轮，而打磨这个齿轮的工作则再次让他身心疲惫，陷入绝望。无论车轮、水车还是齿轮，都是工业革命刚开始时进步的象征，是一个充满了机械压迫感的意象，在汉斯用锉刀打磨时也充分表达了与时代精神的互动和摩擦。然而，这个意象在当下的汉语语境中似乎缺乏文化触发点，也许并不能在读者，尤其是年轻读者心中迅速生发意义。

因此，我试图利用文学译者享有的自由度和创造空间，为这个悲伤的成长故事取一个借鉴日本轻小说风格的标题，冒着剧透的风险，希望用标题直接告诉读者，这就是一个错误的教育方式导致的悲剧故事，希望能够吸引到类似处境的青少年读者，在故事中获得共鸣和力量。"揠苗（助长）"是一个一目了然的中国成语，可以很好地概括汉斯所遭受的种种以关爱为名的粗暴教育手段，而"殇"也有借同音字影射"伤仲永"的故事哀叹天才泯然于众的意思，呼应汉斯学业失败回到小镇之后一段时间的心境,而"殇"字本身同时也昭示了少年夭折的悲剧结局。

在柏林文学研究会导师和译者同事的鼓励之下,我鼓起勇气向编辑提出这一考量,但在反复商议之后,最终还是决定采用原书名《在轮下》,以维持黑塞中译本的传统,也将阐释的任务交还给读者,而把"揠苗之殇"作为译后记的标题。不过,我觉得"后记"一词太过严肃,不是我能够写出的,所以还是秉承自己译书的习惯,以"闲话"代之。

除了对书名的考量以外,翻译中另一个比较"任性"的处理方式,也是跟德国同事学习来的,就是为了流畅的阅读体验,放弃做注解。这一点对于我自己的学术工作积习来说,可以说是一个逼迫自己走出舒适圈的重大冒险。在探讨这个问题时,导师和译者同事们都让我思考,中国的青少年读者是否真的需要了解汉斯正在学习的神学课本的宗教改革背景?这个附加信息对于他们的阅读体验究竟有何意义?在大家看来,文学翻译的大忌就是为资料翔实而牺牲阅读体验,使读者被各种注释打断。毕竟,解释工作永远没有尽头,而我们的工作并不是撰写论文,也没有必要为日耳曼语言学者代劳,去做背景研究工作。于是,面对文中一些德国读者读来一目了然,而中国读者可能莫名其妙的术语或人名,我尝试了一种新的方法,即用尽量少的修饰词,在正文中做简单的描述,以确保读者能无障碍地了解必要的语境。

为了贴近当代青少年生活,也是为了满足我自己小小的趣味,在符合原文表达并且不会生硬脱离语境的前提下,我大胆使用了一些在年轻人中间比较流行的接地气的表达,有共鸣的读者自会发现,在此就不一一赘述。

而在阅读的过程中,我发现作者黑塞也很会"埋梗"。比如有一处对话中,为了讽刺地表达汉斯的父亲文化程度不高,还有汉斯自己对此心知肚明的无奈,黑塞故意写错了父亲发言中"词典"一词的词性,并且让汉斯把这个错误又调侃式地重复了一次。这个梗用中文无法直接再现,因为中文的名词没有词性之说,因此我改用口语中声调不同的错别字代替("次典")。另外,在回溯汉斯童年经历的时候,他在弄鹰巷交的几个朋友,黑塞给他们杜撰的姓氏也是非常有梗,比如善于偷鸡摸狗的Finkenbein两兄弟,和左腿行动不便却有着惊人的钓鱼天分、对汉斯有极大影响的Rechtenheil。我没有按中文译名的习惯给这些姓氏做音译处理，而是调侃式地译成了"雀脚"和"右安"，产生类似江湖绰号一样的效果。

书中出现的少量古语，如拉丁文和古希腊文，我也分别做了不同的处理。拉丁文和德文一样，都是罗马字母拼读的语言，而在文中的作用是凸显教务长的迂腐和附庸风雅，因此拉丁文部分我没有标注原文，而是用读来明显不是日常语言的古语或装模作样的诗句来表达。至于古希腊文，本身字母就不同源，而且文中牵扯到《圣经》经文引用的部分，作者在后面就已经用德语做出了解释，所以直接译出中文。

在全镇人喜气洋洋榨苹果汁的情节中，出现了一些直接用士瓦本方言写成的对话，十分生动活泼。我最早是打算沿用现成的中国各地方言如上海话或者四川话来处理，效果令人捧腹。然而译者同事丹尼尔·法斯特纳（Daniel Fastner）和导师克里斯托弗·马格努森（Kristof Magnusson）都告诉我说，用方言译方言是文学翻译的大忌，属于过度本地化，会导致不必要的误解。于是我接受他们的建议，用比较粗鄙的中文口语表达来代替。

景色和心理描写是本书一大亮点，而且两者有着紧密的相互映照和呼应的关系。我的建议是不要跳过心理描写，不然会错失很多汉斯成长的契机。至于景色描写，我希望达到的阅读效果是一气呵成的，喜欢情节紧凑的读者完全可以跳过大段的景色描写，这样全书的阅读时间大概只需要一两个小时；如有兴趣重温，我推荐读者在图书馆寻找或者在网上搜索黑塞的画作，或者黑森林地区的风景照片，在阅读时有个参照，可以直接代入汉斯的双眼，去体验美景与心情的共鸣。

另外，尽管这个故事的主要发生地修道院学校是男校，而且从头到尾的主要角色几乎都是男性，但是并不意味着女性读者无法产生共鸣。"揠苗之殇"，表达的是当下的青少年普遍面临的学业内卷及其所带来的心理创伤；"在轮下"，则昭示着制度和规则对个性自由发展的碾压。汉斯成长的几个节点，无论是智性上的优越感以及随之而来的孤僻，还是对友情的渴求及其与学业的矛盾，乃至青春爱欲萌发所带来的激烈的心灵激荡，外加原生家庭的不幸与沟通不畅所带来的早熟——所有这些作者用一百多年前的妙笔所传达的普世价值，都与性别无关，人人都可以从中受益。我希望读者在阅读时进入汉斯和他的挚友诗人海尔纳的内心世界，去体验寄宿学校的生活，感受天才在制度碾压下所能达成的两种不同的命运，以及在制度之外对知识的渴求和成长的意义。要特别指出的是，这两个角色都内化了黑塞自身的经历，可以说是一个硬币的两面。在翻译策略上，我把文中一些用词做了不偏离原意的中性化处理，希望尽量弱化性别之分。

写到这里，我也终于能够回答这篇闲话开头问自己的那个问题。经典重译永远是值得的，对读者或许只是多一个选择，对译者来说却是不可多得的美妙体验。毕竟，在人工智能快速兴起的今天，文学译者唯一的一块自留地就是这点"任性"和自由表达的乐趣了。人工智能哪怕再准确有效或脑洞惊人，也做不到像人类译者这样，直接把自己的阅读体验传达给读者，达到心灵上的共鸣。而主持了几十年译者工作坊的托马斯·布罗福特给我的则是一个意味深长的答案："经典重译，当然总是有它的理由。"

感谢双志，感谢浙江文艺出版社给我这次重返百年前黑森林的机会。感谢德国翻译基金会（Deutsche Übersetzerfonds，DÜF）资助我参加LCB译者工作坊，万湖湖畔的每一天我都过得无比充实，工作坊结束之后我甚至感到自己获得了新的视角，想要重新学习德语。感谢大威对我翻译工作的支持，并经常忍受我的相关吐槽。感谢墨墨，终究是你的成长给了我反思的机会和翻译本书的最初动机。

在翻译本书期间，我从好友口中获悉一位曾经的博士同学近期过世的消息。在我比较熟悉的同龄人中，这已经是第三位过世的了。很多年过去，我仍时不时想起尚未决定自己要研究神学还是哲学就意外身故的那位哲人，还有后来选择用激烈的方式自我了断的那位哲人。人文学者的长寿似乎也只是幸存者偏差，而近几年频频在新闻上看到的"青椒"群体的挣扎与陨落也让我想到，这些或许也属于一种"揠苗之殇"。

人常常不会念及活人，而总是缅怀逝者，就好像活着是什么理所当然的事，死亡才值得大惊小怪。我作为一个跟不上节奏的人，总是在大家纷纷回归正常生活的时候才开始感受到"曾经存在和成为着的某物尚未完全展开就已经再也不存在"这件事。对于这件事，我想，我永远也不会习惯。

张灯
2025年2月于柏林